一番になれなかった身代わり王女が見つけた幸せ

登場人物紹介
タイキ
大国ローゼンのエリート騎士団である
飛狼竜騎士団の一員。
責任感の強い性格で頼りがいのある人物。
何やら秘密を抱えているようで——!?
カナニーア
モロデイ国の第一王女。
前向きかつ芯のある性格で、
王女として責務をしっかり理解している。
運動が少しだけ苦手で、
天然な一面も。

ゾルド
飛狼竜騎士団の一員。
お調子者だが、仕事は出来る。
ドーラ
ハウゼン伯爵家の長女で
カナニーアの専属侍女。
ジェルザ
モロデイ国の王太子で
カナニーアの兄。
サミリス
モロデイ国の第二王女で
姉のカナニーアを慕っている。
無邪気で天真爛漫な性格。
マカト
ゼリウヌ侯爵家の嫡男で
カナニーアの婚約者。
側近としては優秀。

一章　断れない通達

『後宮にふさわしい華を献上せよ』

大国ローゼン国の王妃が亡くなってから半年が経ったある日、周辺国へ通達が送られてきた。

この大陸には複数の国があり、なかでもローゼン国は抜きん出た力を有している。そのため各国は、自国に利があるからとその庇護下にあることを求めていた。

だからこの一方的な通達も、各国に平等に機会を与えることで無駄な争いを起こさぬようにというローゼン国側の思惑が読み取れるものだった。

後宮の華とは妃候補。自国の者がローゼン国王の妃となれば、大国との新たな繋がりとなる。それは各国の王家が喉から手が出るほど欲しいもので、この通達に色めき立ったのは言うまでもない。

しかし、妃候補として自国の者を送り出しても全員が娶《めと》られることはないだろう。ローゼン国には以前から後宮制度はあったが、国王は亡くなった王妃しか娶《めと》っていなかったのだ。

つまり、選ばれるのはよくて数人。間違いなく狭き門だ。

各国の王家は一番見目麗しい王女を送り出す準備を始め、年ごろの王女がいない場合は急遽縁戚《えんせき》から容姿端麗な者を養女として迎え入れた。

そして、我が国――モロデイ国はこの通達に狂喜乱舞《きょうきらんぶ》した。

なぜならこの国には、モロデイの至宝と謳《うた》われるほどの美しさを持つ第二王女サミリスがいたからだ。陽光のごとく鮮やかな金髪に、宝玉のように澄んだ青い瞳を持って生まれた第二王女は産声《うぶごえ》を上げた瞬間から誰をも魅了した。今では、庇護欲を誘う可憐さと女性特有の魅力を兼ね備えた存在に成長している。

この美貌ならどこかの王妃として望まれるだろうと周囲から期待されていたが、その機会がついに巡ってきたのだと、歓喜の声が響き渡った。

『サミリス様、おめでとうございます！』

『もう正妃は決まったも同然ですな』

『ローゼン国の妃なんて夢のようですね。さすがはサミリス様ですわ』

まだ何も決まっていないのにもかかわらず、臣下たちは我先にと祝いの言葉を述べる。それほどまでに、サミリスは後宮の華となるにふさわしい容姿をしていた。

『みんな、ありがとう。でも気が早いわ。まだローゼン国王にお会いしてもいないのに』

『サミリス様を愛さない者なんておりませんわ』

『そうですぞ、正妃になるのはサミリス様と決まっております』

サミリスは頬を薔薇《ばら》色に染め、無邪気に喜んでいた。

幸せそうに微笑む妹を見て、第一王女である私――カナニーアも自分のことのようにうれしく思った。周囲は美しい妹と私を勝手に比べるけれど、姉妹仲は悪くない。無邪気に慕ってくれるひとつ違いのサミリスは、私にとって大切な妹だ。

王女として生まれた私と妹は、政略で婚姻が結ばれる運命だろう。けれど、できればこんなふうに幸せな婚姻のほうがいい。姉として、妹の門出を心から祝う。

他国の妃候補たちから侮《あなど》られないようにと、装飾品、衣装などすべてを新調し、旅立ちの準備が順調に進められていった。

そして、出発を三日後に控えた日。

「……嫌です、ローゼン国へ行きたくありません」

サミリスはポロポロと涙を流しながら訴える。

「我が国から王女を送るとローゼン国へすでに伝えた。今さらなかったことにはできないんだ、サミリス」

「サミリス、王女として生まれたのなら、いつかは誰かに嫁がなければいけないのよ。それが王家に生まれた者の定め。異国に旅立つことに不安を感じるでしょうが、あなたなら大丈夫よ。みんなから愛されるわ。もちろん、ローゼン国王からも」

モロデイ国王である父も王妃である母も、第二王女の我儘《わがまま》を受け入れない。それもそのはずで、通達に我が国は王女を送ると快諾したのだ。土壇場になって変更したら、我が国の信用が地に落ちてしまう。

「お兄様、助けてください！」

「サミリス、お前だってあんなに喜んでいたではないか？　何が気に入らないんだ！」

普段、王太子である兄――ジェルザは声を荒らげることはない。いつも優しく、冷静に話し合って解決策を探る人だが、今回ばかりは王太子として厳しくせざるを得ないのだろう。

「だって、だって、ローゼン国王は五十近いというではないですか！　親子ほど年の離れた人に嫁ぐなんて嫌です。それに私よりも年上の子供がいるとお聞きしました。……私が産んだ子はどうなるのですか？　最初から王座につけないと決まっているなんてかわいそうです。それに……私はまだ子供です！」

「お前はもう十七で、成人したではないか」

「でも、……でも、まだ大人になりきれていません」

子供っぽい発言に兄は嘆息を漏らす。

この大陸では十七で成人と認められ、婚姻が可能となる。二ヶ月前に誕生日を迎えたとき、サミリスは『もう私は大人ですから、子供扱いしないでくださいませ』と宣言していたのに、都合が悪くなると子供に戻ってしまうようだ。

両親も臣下たちも宥《なだ》めるが、サミリスの涙は止まらない。

「泣かないで、サミリス」

「……お姉様。私、自信がありません。きっとローゼン国でも泣き続けて、不興を買ってしまいます」

人目も気にせずに嗚咽《おえつ》するサミリス。その涙を優しく拭うと、妹は幼子《おさなご》のように私にすがりついてきた。

不安になっているのだろう。最初は大国の王妃という夢のような立場に心を弾ませていたが、徐々に現実が見えてきて、その重圧に押しつぶされそうになっているのかもしれない。王女としてふさわしい振る舞いではないとしても、成人したばかりの妹に厳しい言葉は言えなかった。

「お父様、サミリスを休ませてもよろしいでしょうか？　このままでは話し合いになりません」

「ああ、そうだな」

私はサミリスを立ち上がらせる。うなだれたままふらふらと歩く第二王女を、みな心配そうに見つめる。

その中にはマカト・ゼリウヌもいた。侯爵家の嫡男《ちゃくなん》である彼は王太子の側近であり、私の婚約者。彼は私に対していつだって礼儀正しく、その眼差しはいつも主君である王女に向けたもので、それ以上でもそれ以下でもない。

そんな彼は今、王女へ向けるものではなく、愛する者に向ける熱い視線をサミリスに注いでいる。

そして、ほんの一瞬だけ彼はサミリスの隣にいる私を見た。

『なんでサミリス様なんだ、あなたが行けばいいのに！』という冷たい視線が私を射抜く。

ずっと前から気づいていた、彼が私を愛していないことぐらい。政略だから仕方ないと、穏やかな関係が築ければそれでいいと思って――いいえ、願っていた。彼も愛する人《サミリス》を近くで見守っていられるのなら、よき婚約者を演じ続けていただろう。

けれども、彼の仮面には今ヒビが入ってしまった。その隙間から垣間見える彼の本心と、これから私はずっと向き合うことになる。

正式に婚姻すれば、いつか子供にも恵まれるだろう。そのときになっても、彼は心の中でこう思い続けるのだろうか。

『愛しているのはサミリス様だけ。これは王命だ』と。

……きっと、思い続けるわ。

簡単に想像できる幸せとは言い難い未来に、表情が曇る。

誰からも愛される妹に罪はないし、両親や兄妹から私も十分に愛されてきた。

でも他人は容赦なく、一番は可憐な妹で、次が平凡な姉と順番をつける。王女の矜持《きょうじ》から顔には出さないけれど、心が傷つかないわけではない。それが自分の婚約者だったら、なおのこと。

私は泣きじゃくる妹を部屋で休ませると、その足で兄の執務室へ向かった。

きっと兄は今後の対応を側近であるマカトと話し合っているはず。兄に頼んで少しだけ彼と話す時間をもらおう。

彼も私も大人だ。お互いに己の立場をわかってるから大丈夫よ、と心の中でつぶやく。彼がまた完璧な仮面を被ってくれるなら、あの眼差しは忘れよう。それが王女としての正しい振る舞いだから……。

執務室の前に着くと、気持ちを落ち着かせるためにゆっくりと息を吐く。そのとき、扉越しに話し声が聞こえてきた。

「マカト、お前はカナニーアの婚約者だ。それを決して忘れるな」

「王命には逆らえないことぐらい承知しております」

兄は厳しい口調で彼に釘を刺していた。それは王太子ではなく、兄としての優しさにほかならない。

「ならば、仮面を決して外すな。カナニーアは私にとって可愛い妹だ。悲しませることは許さない」

兄はずっと前から知っていたのだろう。だから、あの場で一瞬だけ見せたマカトの視線の意味にも気づいたのだ。

「はい、一生仮面を被り続けます。ですが、サミリス様への想いが消えることはありません」

怯むことなく答えるマカトに、兄が舌打ちして話が終わる。マカトは兄の側近だが友人でもあるから、こんな会話が許されたのだ。

一生仮面を被り続けるという婚約者の言葉は、誠実そのもの。最初から私への愛はなく、王命で第一王女を娶《めと》るのだ。婚姻を結んでも、彼にとって私は生涯王女のままなのだろう。

愛するように努力すると嘘も言えないほど、彼はサミリスを愛している。それを知ってつらいかと問われれば、つらいとは思わない。彼はよき伴侶となるだろうと思っていたけれど、それ以上の感情はまだ芽生えていなかったから。

……それに二番にはもう慣れている。

私と妹の容姿は似ていない。兄妹の中で私だけが三代前の国王の色を受け継ぎ、髪と瞳は平凡な茶色である。華奢な体つきなのに出るべきところはしっかりと出ているサミリスと比べて、背が少しだけ高く全体的にほっそりしている私は裏で『すべてにおいて控えめな王女』と呼ばれていた。

まさに月とスッポン。少し配慮した言い方をすれば、太陽と月だろうか。

ただ血の繋がった姉妹なので、ちょっとした仕草や笑ったときの口元などは少し似ているらしい。

私と婚姻を結んだあと、マカトはどうなるだろうか。彼はきっと私を視界に入れても、私自身を見ないで愛する人の面影を必死に探そうとするだろう。それでは透明人間と同じではないか。

一番どころか、二番でもない。彼に対して愛があるかどうか関係なく、こんな惨めなことはない。

私は扉を開けることなくその場から立ち去った。


「はぁ……」

自室へ戻り、長いため息を漏らす私の様子を見て、優秀な侍女は何も聞かずに温かいお茶を淹れ始める。

「カナニーア様、どうされましたか?」

私付きの侍女――ドーラ・ハウゼンはよい香りのお茶を差し出しながら尋ねる。三歳年上の彼女は、私にとって頼りになる姉のような存在だった。少し垂れた優しげな目元がさらに下がっているのは、私のことを案じてくれているからだろう。

「なんでもないわ。ため息をつくなんて、はしたなかったわね」

淑女は盛大にため息をつくものではない。小さいものなら憂《うれ》いがあっていいけれど、これでは見苦しいだけだ。

「そんなことはございません、カナニーア様。ただ、珍しいと思っただけです。たまにはそんなふうに、吐き出してもいいと思いますよ。サミリス様のようでは困りますが……」

ドーラは首を横に振ったあと、わずかに眉をひそめて最後の台詞《せりふ》を口にする。

彼女は私と妹に順番をつけない数少ない人物で、よいところはよい、悪いところは悪いと判断する。周囲の者たちは第二王女に対して『天真爛漫《てんしんらんまん》でいらっしゃるから』とつい甘くなりがちだが、彼女は違った。

「サミリス様に悪気はないのはわかっております。ですが、割《わり》を食うのはカナニーア様ではないですか。まったくサミリス様にも困ったものです！」

ドーラは私のために腹を立てていた。いつもなら主君として窘めるが、私をちゃんと見てくれているとわかる彼女の言葉がうれしくて、今回だけは聞き流す。

こんなにも彼女が怒っているのは、サミリスのあの発言が関係している。

今回サミリスがローゼン国へ行くのを拒絶したことで、私の選択肢はもうひとつ増えた。

それは妹の身代わりに私がなるということ。

こちらから送り出す者が王女ではなく、格下の貴族令嬢になったら我が国の信用は間違いなく失墜する。しかし、王女であれば、第一でも第二でもその身分は同じで、妃に選ばれずとも残念な結果に終わったというだけで国の信用は揺るがない。

国内の政略よりも、大国との繋がりを重視するのは王族として正しい判断だ。……そして、私にとっては逃げ道にもなる。いつか政略結婚をするにしても、妹を愛する誰かではないほうがいい。

……そう、これは誰にとってもよい形だわ。

「……私も誰かの一番になれる日が来るのかしら」

小さくつぶやいてから、すぐにそんな日は来ないだろうなと自嘲する。今までも、そしてこれからも一番になる日はきっと永遠に来ない。

「カナニーア様、何かおっしゃいましたか？」

「いいえ、なんでもないわ。ドーラ」

私がさり気なく背を向けると、彼女はそれ以上尋ねてこない。

「甘いものでも召し上がってくださいませ」

テーブルに何か置かれた音がして、ドーラは静かに私から離れていく。

たぶん、私の大好きな砂糖菓子だ。甘い香りが漂ってきたからわかったのではない。いつも彼女は小刻みに震える私の背に気づかないふりをして、ひとりにしてくれる。王女でない時間を私に与えてくれる。

口を開いたら嗚咽《おえつ》が漏れてしまうから、そっと心の中で感謝を告げる。この国を離れたら、この優しい時間もこれで最後になるのだろう。


翌日。設けられた話し合いの場で、サミリスは首を横に振りながら涙を流し続ける。

「そんな我儘《わがまま》は通らん！　この通達が来たとき、お前は自分の意志で、喜んで参りますと答えた」

「そのときはそう思っていました。でも今は……」

「成人した王女ならば自分の発言に責任を持て、サミリス」

父は国王として第二王女を叱責する。たとえモロデイの至宝だろうとも、サミリスの振る舞いは限度を超えていて、泣き崩れる彼女をかばう者はいない。

兄の後ろに控える私の婚約者もこの状況を理解し、王太子の側近としてわきまえている。もうあの視線を私に向けてはいない。主君である王太子に釘を刺されたからか、それともサミリスしか目に映っていないのか。きっと後者だろう……

そんな婚約者から視線を外すと、私はゆっくりと父の前に進み出て第一王女としての礼をとる。当然、みんなの視線が私に集まった。

「第一王女である私がローゼン国へ参ります、お父様」

「……っ……、お姉様！」

その瞬間、サミリスの弱々しい泣き声はピタリとやんだ。私を呼ぶ声は弾んでおり、喜びを隠せてはいない。

――この子では駄目だわ。

無邪気に喜ぶ妹を見てそう思った。サミリスではローゼン国の妃という大役は務まらない。こんなふうに感情を露わにしていては足元をすくわれる以前に自滅するだろう。

味方しかいない自国ならその美貌ゆえに『天真爛漫《てんしんらんまん》ですね』で済んでいても、国外ではそうはいかない。これではモロデイ国の恥となる。

「チッ……」

いつの間にか私の隣に来ていた兄は柔和な笑みを浮かべたまま、サミリスに向けて小さく舌打ちした。

「サミリス、もう下がるんだ。出立まで時間がないので、急いで今後のことをカナニーアと話し合わなくてはならない」

兄はお前はここにいる資格がないと遠回しに告げるが、サミリスはその意図に気づかないのか退出しようとしない。

「お父様、私はローゼン国へ行かなくてよいのですね？」

兄と姉の言葉だけでは正式な決定ではない。サミリスは自分の願いが聞き届けられると目を輝かせながら、国王である父の正式な決定を待つ。

みなの視線が第一王女から国王へ移り、私はさり気なく周囲に目を配る。戸惑い、困惑、安堵とさまざまな表情が浮かんでいる。

そして、私の言葉に誰よりも安堵していたのは私の婚約者《マカト》だった。彼は婚約者である私でも難しい顔をしている国王でもなく、『もう大丈夫です』と労《いたわ》るような眼差しをサミリスに注いでいる。

私の申し出は彼との婚約解消が前提なのに、彼は気にならないようだ。彼の心を占めているのはサミリスだけ。こんなときですら私は誰かの一番になれない。

「……まるで透明人間……」

「カナニーア」

自嘲気味につぶやく私を、兄が覗きこんだ。お前はちゃんと見えているよ、と伝える代わりに私の名を優しく呼んでくれる。その声音《こわね》から心配しているのが痛いほど伝わってきた。これ以上心配をかけたくなくて、私は無理矢理微笑んでみせる。

「ローゼン国へ第一王女を行かせる。それに伴い第一王女の婚約は白紙に。みなの者、異存はないか！」

国王の言葉によって正式に私がサミリスの身代わりになることが決定した。臣下たちはみな一斉に頭《こうべ》を垂れる。これが最善だとわかっているからだ。もちろんマカトも抗議の声を上げることはない。

「承知いたしました。精一杯務めてまいります」

第一王女としての私の言葉に、父は国王として満足げにうなずく。しかし、その目は『すまない、カナニーア』と詫びていた。その隣で母は、『こんな形で行かせたくなかったわ、ごめんなさい……』と伝えるようにかすかに目を潤ませている。

「お父様、ありがとうございます。お姉様、おめでとうございます！」

サミリスの表情は明るかった。自分の願いが聞き届けられ、姉がローゼン国の後宮の華になることを素直に喜んでいる。

ローゼン国の妃となる可能性が少なからず生まれたということに対して祝福するのは間違ってはいない。サミリスだって決まったときは、みなから祝福の言葉を受け取っていた。

でも私とサミリスでは決定的な違いがある。私はただの身代わりなのだ。

その事実をサミリスは都合よく忘れている。いや、気づけないのか。それは本人の生まれ持った性格もあるけれど、周囲の態度も一因となっている。モロデイの至宝の純真無垢《じゅんしんむく》な笑みに癒されていた人々は、その笑顔を守ろうとするあまり、表情を曇らせる言葉を無意識に避けていたのだと思う。その結果、諫言《かんげん》を受ける機会が少なかったサミリスは無邪気な子供のまま大きくなってしまったのだ。両親はこのまま放置しないと思うので、このあと彼女には再教育が施されるだろう。たぶん過酷なものになるが、それは仕方がないことだ。

「おめでとうございます、カナニーア様」

「……おめでとうございます」

「カナニーア様のご英断に感謝申し上げます」

サミリスの祝いの言葉に臣下たちも続く。戸惑いと感謝が滲み出ており、この流れでの沈黙は第一王女である私に失礼だと思っての祝福だった。

そんな中、マカトがほかの臣下たちを押しのけて前に出てきた。

「カナニーア様、おめでとうございます。ローゼン国でのご活躍をお祈り申し上げます」

「……ありがとう、マカト様」

私の元婚約者に戸惑いは感じられなかった。第一王女が国のために尽くすことを心から祈っているのだろう。その彼の態度は正しい。

私はさり気なく目を伏せる。あなたが行くことになってよかったと書いてある彼の顔を見て、無駄に傷つく必要はない。

「下がれ、マカト。もうお前は第一王女の婚約者ではない」

「はっ、失礼いたしました」

主君である王太子に咎《とが》められ、彼は己の行動を恥じるように下がっていく。

一瞬、救いを求めるような顔を私に向けたけれど、気づかないふりをした。後ろに下がった彼は私の態度にひどく傷ついたような表情で、その瞳に私だけを映していた。

……ずっと私を見なかったくせに。今さらそんな顔をするなんて、……ずるいわ。

最後まで私は彼と視線を合わせず、優しい言葉もかけなかった。この状況は私が選んだことだが、彼自身も望んだことなのだ。もう私から歩み寄る必要はない。

出立まであと二日という時点での急な変更に、みな寝る間もないほど忙しくなった。ローゼン国への連絡や、私の準備、追従する者の選び直しなど、やらなくてはいけないことが山ほどあった。そんな状況でも誰ひとりとして不満を言うことなく、感謝の言葉を口にしながら一生懸命に尽くしてくれた。

……こちらこそ、ありがとう。

彼らの温かい気持ちに触れることで、救われている私がいた。

そして、あと数刻で出立というときに突然兄が私の部屋に訪れた。

「みな、下がってくれ。可愛い妹とふたりだけで話したい」

「かしこまりました」

慌ただしく動いていた侍女たちが一斉に下がり、扉が閉まる。ふたりだけになると、兄は遠慮なく私を抱きしめてきた。王太子と第一王女ではなく、兄と妹に戻る。

「すまない、カナニーア。お前はあの子の身代わりではない、誰よりもローゼン国に行くにふさわしい王女だよ。私はお前を愛している、可愛い妹だ。……サミリスは再教育する。まさかあれほど愚かとは思わなかった」

「三度目ですわ」

私がおかしそうに言うと、兄は疑問を浮かべたような表情で見つめてくる。

「お父様もお母様も、同じことをおっしゃいました。お兄様のように」

両親も政務に追われる中、私のもとへ足を運び、言葉を詰まらせながら今の兄と同じように言ってくれたのだ。身代わりとなった第一王女への気遣いではなく、娘の私を心から愛しているから。

「私はこれでよかったと思っています。もしあの子がローゼン国へ赴いたら不興を買っていたでしょう。それに、私がマカト様と婚姻を結んでいたら、お互いに不幸な人生を歩んでいました」

「お前、知っていたのか……」

「はい、気づいていました」

「あいつは馬鹿だ。努力しないで手に入ったものだから、その価値に気づかない。遠くばかり見て、自ら幸運を手放した。いつか後悔する日が来るだろう。本当に見る目がないヤツだ」

兄は自分の髪を乱雑にかき上げながら、ここにいない己の側近に対して悪態を吐く。

惜しげもなく私を褒める言葉は、他人から言われたら嫌味に感じてしまうだろう。でも兄はどこまでも本気で、くすぐったいけれど素直に聞ける。本来なら諌めるべき場面だろうけれど、兄に甘えたかったから、諌《いさ》めるのは少しだけ先延ばしにすることにした。

「彼は恋をしているだけです。その相手が私の妹だったのはお互いにとって不幸でしたが……。それに私は彼と結婚せずに済んでよかったと思っています、清々しましたわ」

最後の台詞《せりふ》だけは私の強がりで、前を向くために自分を鼓舞する必要があった。

「……お兄様、ローゼン国から不要だと追い返されたら帰ってきていいですか……」

返事を望んでいたのではなく、ほんの少しだけ弱音を吐きたかった。兄ならば笑って聞き流してくれると思ったから言えたのだ。

「そのときはローゼン国王も馬鹿だったということだな。お前を選ばないとは、そういうことだ」

兄は真剣な顔をして、私のために賢王と名高いローゼン国王を迷うことなくこき下ろす。そして、私の頭を優しくなでた。

「帰ってこい、カナニーア。私がとびきりよい男を見つけてやるから。お前に釣り合うほどの男を見つけるのは難しいが」

「……っ……お兄様……」

また選ばれないだろうとわかっていても、十八歳の私にとってつらい現実でしかない。そして、その事実を第一王女らしく毅然と受け止められるか不安で、ずっと怖かったのだ。

兄はその不安を否定することなく、不甲斐ない妹に寄り添い温かく包み込んでくれる。

「たまには私の胸でも泣け、カナニーア。……すまん、砂糖菓子は持っていない」

情報を漏らしたのはドーラだろう。主君の秘密を漏らすのは許されないが、これは怒れない。

「……たくさん買っておいて……くださいね」

「ああ、買っておく。だから、遠慮せずに食べに帰ってこい」

兄の大きな背にすがりつき嗚咽《おえつ》する私。甘えたいけれど淑女でもありたくて、泣き顔は見られたくなかった。十八歳の私もまた、サミリス同様に大人になりきれていないと思い知る。

こんなふうに泣いたのはいつぶりだろうか。まだ私が小さかったころ、サミリスだけが天使のようですねと褒められ、私は勝手に拗ねて隠れて泣いたときのことをふと思い出す。

『カナは僕の天使だよ。生まれたときから、今だってそう。そしてずっとだよ、忘れないで。ね？カナ』

『はい、おにいさま！』

泣きじゃくる私を見つけてくれた兄の言葉は魔法だった。

それは今も変わっていない。溜まっていた不安を吐き出した私が顔を上げると、兄は優しく微笑んでいた。その顔は幼い私を慰めてくれたときとまったく同じで、つられるように私も笑っていた。

「お兄様。私はモロデイ国の名に恥じぬよう、第一王女としての務めを果たしてまいります」

「カナニーア、気をつけて行ってこい。そして、見聞を広めてさっさと帰ってこい！」

「はい、お兄様！」

王太子としては失格な兄の言葉を、私はそっと胸の奥にしまう。

ここには私の居場所があるのだから、自分の務めを果たして堂々と帰ってくればいい。凛と前を向く私は、第一王女としての自分を取り戻していた。

そうして数刻後、「カナニーア様、万歳!!」と盛大に見送られ、最低限の用意とともに私はモロデイ国を慌ただしく出立したのだった。

二章　波乱に満ちた選定

私たちの旅は順調で、三日ほどでローゼン国が指定した国境沿いのある町に到着した。

ここで偽者や暗殺を企む輩《やから》が紛れ込むのを防ぐために一度身元の確認をしてから、ローゼン国の警護のもと王宮に向かう。

「すごい人ですね、カナニーア様。まさかこんなに多いとは思っておりませんでした……」

唖然としたのはドーラだけでなく私も同じだった。屋外の広い場所なのに、これでもかと着飾った妃候補たちとその供で足の踏み場がないほど混み合っている。まるで餌に群がる蟻《あり》の大群のようだ。

……私は一番控えめな蟻《あり》ね。これでは母国に戻る日も近いだろうと思う私に悲愴感はなく、兄はどんな砂糖菓子を買ってくれているかと呑気に考える。出立前にあれほど甘やかされたからか、驚くほど私は前向きだった。

「本当に多いわね。この人数で移動するのは難しくないかしら？」

「そうですね」

大きい集団ほど移動に時間がかかる。この規模だと、王宮に辿りつけるのはいつになるだろうか。

ローゼン国はおおよその人数を把握していたはずなのに、手を打っていないとは不思議だった。

何か思惑があるのだろうかと考えていると、「次の方どうぞ」と呼ばれる。やっと順番が来たようだ。

「モロデイ国から参りました。第一王女のカナニーアと申します」

「えーと、モロデイ国ですね。少々お待ちください」

ローゼン国の者がなんだか戸惑った様子で、手元にある紙と私を何度も見比べている。

「申し訳ございませんが、事前に送られている絵姿《えすがた》と違いまして……。本当にモロデイ国の王女様でしょうか？」

「失礼なことを！　このお方は、第一王女様で間違いございません」

絵姿《えすがた》をチラリと見るとそこに描かれていたのは私ではなく、モロデイの至宝と謳《うた》われる美姫サミリスだった。

はぁ……、とため息をつきたくなる。変更の連絡と一緒に私の絵姿《えすがた》を早馬で送ったけれど、まだ届いていないようだ。これでは疑われても仕方がない。ドーラは事情を説明しているけれど、明らかにこちらに落ち度がある。順番を最後に回してもらい、連絡が来るのを待って再確認してもらうしかないだろう。

「ドーラ、一旦列から外れましょう。ほかの人に迷惑をかけることになるわ」

「あら、そんなことありませんわ。せっかく待ったのですから、どうぞそのままで」

その場から離れようとすると、親切に声をかけてくれる人がいた。きらびやかな衣装をまとっているから、どこかの国の王女だろう。

「お気遣いありがとうございます。ですが、時間がかかりそうで――」

「それにしても、ずいぶんと盛っておりますわね。多少は見栄えよく描かせるものですが、これはやりすぎでは？　それとも絵師の腕か目が悪かったのかしら？　それならばお気の毒ですわ」

彼女が含み笑いしながら必要以上に大きな声で話すと、周囲からクスクスと笑い声が聞こえてきた。中にはわざわざ絵姿《えすがた》を覗き込み、モロデイ国の情報は当てにならないと嘲《あざけ》る者までいる。

覚悟はしていたけれど、まさかここまでとは思わなかった。

後宮の華の座を巡る戦いはすでに始まっていたのだ。ライバルはひとりでも少ないほうがいいということだろう。

同時にサミリスをよこさなくて本当によかったと思う。あの子だったら感情を露わにして、相手の思う壺になっていただろうから。

「この絵姿《えすがた》は私ではなく、第二王女のものです。我が国の事情で遅れておりますが、私の絵姿《えすがた》もすぐにお見せできると思います。そうしたらモロデイ国の情報が正しいことも、絵師の腕がよいことも証明できるかと。どうぞ楽しみに待っていてください」

こんなことでモロデイ国の信用を落としてはいけない。華やかさに欠ける王女でも、国の名誉は守れる。毅然と対応する私に一瞬相手は口ごもったが、すぐさま反撃してくる。

「ですが、お気の毒なのは変わりませんわ。たしか第二王女はモロデイの至宝と呼ばれるお方。それに対して第一王女の通り名は、すべてにおいて控えめな王女様だったかしら？」

侮蔑されているのは明らかだった。周囲の人たちも失笑している。

「……っな！　いくらなんでも失礼す――」

「ドーラ」

我慢できずに反論しようとするドーラを止める。このまま言い争いを続けていては、ローゼン国の確認作業の邪魔をすることになってしまう。それに確認担当の者たちは他国の王族同士の諍《いさか》いを仲裁できる立場でもない。これ以上彼らを困らせたくはなかった。

相手は興奮している。それならこの場は私が引き下がるしかない。それがモロデイの第一王女として取るべき態度だ。

その場を離れようとして、近くに先ほどまではいなかった人物が立っていることに気づく。その格好からたぶん騎士だろうが、身分は高そうにない。その手には一枚の絵姿《えすがた》が握られていた。

「はっ、たしかに盛りすぎだな。これでは誰かわからない。だが、その悪趣味な装飾は同じだからかろうじてわかるな、ゴーヤン王国第一王女サリー」

「はっ⁉」

私と言い争っていた女性が目を見開き、甲高い声を上げる。どうやら彼女のことのようだ。

騎士の発言は他国の王族への態度とは思えない。しかし嘲《あざけ》るような嫌な感じはなくて、私は胸がすっとした。……それに、実は私も心の中では悪趣味だなと思っていた。

サリー王女は怒り心頭のようで目を吊り上げ、肩を震わせている。

「ん？　何か言いたいことがあるのかな？　通称、ゴーヤンの行き遅れ殿」

騎士は挑発するように口角を上げ、サリー王女相手に不躾《ぶしつけ》な言葉を重ねた。

これって、きっとそうよね……？

サリー王女が私に告げた言葉を、彼がなぞっていることに気づく。

「なんて失礼なことをっ！　あなたなんてクビにしてあげるわ。私は後宮の華になるのよ、こんな不敬は許されないわ」

「失礼なことだと思うなら、まずあなたがカナニーア王女に詫びるべきだろ？　自分の発言を忘れたとは言わせない。それに俺はローゼン国の騎士だから、他国の王女にクビにする権限はない。ついでに言わせてもらえば、この顛末を知ってあなたを選ぶほど我が国の王は愚かじゃない」

――ありえない。

一介の騎士の発言に誰もがそう思っていただろう。間違ったことは何ひとつ言っていないけれど、普通ならば遠回しに諫《いさ》めるものだ。恐れ知らずなのか、それとも馬鹿なのか。おそらく彼は正義感に溢れたまっすぐな人で、小国の王女が困っているのを見過ごせなかったのだろう。

その騎士の赤髪が風に揺れている。よく見ると瞳の色も真っ赤で、紅蓮の炎を連想させるようなその姿は見続けたら火傷《やけど》しそうだ。

――なぜか目が離せない。

赤髪の騎士は私より少し年上に見える。背が高く細身だが、腕まくりした袖から覗く腕はがっしりしている。口調は乱暴だけど擦れた感じはなく、不思議な存在感があった。じっと見つめ続けるのは不躾《ぶしつけ》だとわかっていても目が離せない。

まさか見惚れているの……？

浮かんだその問いをすぐさま否定する。彼が私を助けたせいで何らかの咎《とが》めを受けるならば、今度は私がモロデイ国の王女という立場を最大限に使って助けるべきだから気になっているだけ――恩に報いるのは当然のこと。

その答えに納得するように私が軽くうなずいていると、ドーラが耳打ちしてくる。

「カナニーア様、胸がすっとしましたね」

「そうね。それにあの騎士のおかげで助かったわ」

彼がいなかったら、まだサリー王女に私は絡まれていただろう。まずはこの場を収めてくれたことに対してお礼を言おうとしたが……

――ゴンッ。

容赦ない鉄槌が、赤髪の騎士の頭に振り落とされた。

「ヒイッ！」

裏返った声で叫んだのは、私でなくサリー王女だ。私は咄嗟に口に手を当てかろうじて声を抑える。

赤髪の騎士はなんとか踏ん張って倒れはしなかったけれど、頭に手を当てながら唸っている。あんなに大きな音がしたのだから、かなり痛いのだろう。

「ってーな！　いきなりこの仕打ちは――」

「黙れ」

――ゴンッッ！

赤髪の騎士よりもふた回りほど年上の騎士が二度目の鉄槌を下す。彼も赤髪、赤眼で、その格好から身分は高そうに思えた。

「血の繋がりがないとは思えませんね、カナニーア様」

「あれほど似ていたらそう思うわよね」

顔は似ていないけれど、あそこまで髪と瞳の色が同じならば、他人ではないはず。あんなに綺麗な赤を今まで見たことがない。周囲の人たちも同じように判断したのだろう、みな様子をうかがっている。

「大丈夫ですか？」

私は地面に倒れている赤髪の騎士の隣にしゃがみ込む。

「……うーん、痛てぇ」

「ひどく殴られましたから冷やしましょう。動かないで待っていてください。すぐに濡らした布を持ってきますから」

意識があるから大丈夫だろう。私が立ち上がろうとすると、彼は顔を伏せたまま「必要ない」と告げる。けれども、どう見ても痛そうだ。

「何か私にできることはありますか？」

「殺して……」

「……はぁ？」

王女らしからぬ間抜けな声が出てしまった。

痛さから逃れるためのうわ言ならば『そこまでひどい怪我ではないから助かります、頑張りましょう！』と励ましただろう。でも倒れたままの彼は、自分を殴り倒した騎士をしっかり指差していた。

つまり彼は、私に壮年の騎士を殺してくれと頼んでいる。ローゼン国へ赴くにあたっていろいろな場面を想定しその対応を考えてきたけれど、こんな場面は想定外だ。

……これはどうするのが正解？　そもそも正解はあるのだろうか。助けを求めるようにドーラを見るも、返ってきたのは困惑した表情だけだった。

そのときハッとした、もしかしたらこれはローゼン国の隠語なのかもしれないと。だとしても残念ながら意味がわからない。

「申し訳ございません、どういう意味か教えて――」

「その者の戯言《ざれごと》は聞かなかったことに願います。ただの馬鹿ですから」

倒れている騎士の耳元でそっと尋ねたつもりだったが、答えたのは壮年の騎士のほうだった。私はしゃがんだまま振り返って、壮年の騎士に尋ねる。

「ローゼン国の隠語などではないのですか？」

「いいえ違います。そのままの意味です、だから馬鹿なのです。あっ、もちろん馬鹿はそれですので、誤解なさらないでください」

壮年の騎士が指差した先には、倒れたままの騎士の姿があった。

……はい、そこは勘違いしておりません。そう言葉にするのも忍びないので、曖昧に微笑んでおく。

「申し訳ございません。私ったら早とちりをしてしまって……」

「こちらが……いいえ、こいつだけが悪いのですからお気になさらずに。そして、モロデイ国第一王女カナニーア様、さきほどはこちらの手違いで大変失礼いたしました」

壮年の騎士は見た目は厳《いか》ついが、とても腰が低かった。どこかの王女とは大違いである。

「いいえ、こちらこそ連絡が遅れて申し訳ございません」

今回の手違いはモロデイ国に落ち度がある。しかし、彼はローゼン国に非があるという形で収めた。それも周囲に聞こえるようにして、モロデイの王女の体面を守ってくれた。

……さすがはローゼン国だわ。モロデイは小国だからと無下にするのではなく、こうして最大限の配慮をする。ローゼン国が大国になったのは、こういうところが徹底されているからだろう。

壮年の騎士はコホンと咳払いをすると、再び口を開く。

「ご挨拶が遅くなりました。私はローゼン国の騎士団長ガルナン・ザザと申します。今回は王宮までの警護を任されております」

聞き耳を立てていた周囲がざわつく。ガルナン・ザザはローゼン国の赤い盾と呼ばれる人物で、現国王の右腕かつ遠戚だからだ。ローゼン国は王族以外は絵姿《えすがた》を晒さないので、名前を聞くまではみな気づかなかった。

国の中枢にいるべき彼がここにいる。ローゼン国が後宮の華選びに力を入れている証であり、もうなんらかの選定が始まっていることを意味していた。

サリー王女の顔から瞬く間に血の気が引いていく。彼女がさきほどまで言い争っていた赤髪の騎士は騎士団長とそっくり。ローゼン国の赤い盾までも敵に回してしまったのかと怯えているのだろう。

「……た、大変失礼いたしました」

「こちらこそ、若輩者が失礼を。ローゼン国王にはしっかりと報告を上げておきますゆえ、この者の無礼は許していただきたい」

「も、もちろんです。では、確認も済みましたので失礼いたしますわ」

サリー王女は脱兎のごとく去っていく。結局、彼女は私や若い赤髪の騎士に謝らなかったが、そんな余裕などないのだろう。ドーラは不満げな顔をしているけれど、ああいう人は自滅するとわかっているから何も言わなかった。己の行いはいつか自分に返ってくる。

このよくわからない展開が終わってほっとしていると、倒れていた騎士がムクッと起き上がった。

「ったく、容赦ねぇな」

殴られた箇所を片手で押さえて眉をひそめているけれど、顔色は悪くない。そんな彼の頭を騎士団長が容赦なく鷲掴みにする。

「カナニーア様、この者の失礼な態度をお許しください」

「そこさっき殴ったところだぞっ！」

騎士団長はジタバタする赤髪の騎士にかまうことなく掴んでいる頭を無理矢理下げさせた。そのやり取りは荒っぽいけれど、なんだか微笑ましくもある。やはり近しい関係なのだろう。

「彼は私を助けてくれたのです。謝っていただくことは何もありません。本当にありがとうございました」

彼の名を知らないので、赤髪の騎士の顔をまっすぐに見ながら感謝を告げた。私の言葉を聞いた騎士団長が手をわずかに緩めると、その一瞬の隙に赤髪の騎士は距離を取る。その驚くほど速い身のこなしに、私は目を見張る。

「カナニーア王女、俺の名はタイキだ。見てわかる通り、そこの頭の固い騎士団長とは親戚だ」

「おい、タイキ。口の利き方に気をつけろ、ローゼン国とは違う」

騎士団長に注意されたタイキは、めんどくせぇなと文句を言いながらも姿勢を正す。

「カナニーア王女、申し訳ございません。私はタイキと申します。荒くれ者が多い飛狼竜《ひろうりゅう》騎士団に所属しているので、この通り口が悪いのですが、大目に見ていただけると助かります」

一瞬でその場が静まり返る。その理由はひとつ、彼が飛狼竜騎士と名乗ったからだ。

ローゼン国には飛狼竜という希少な生き物が生息している。その名の通り狼と想像上の生き物である竜を混ぜ合わせたような見た目で、その醜さ、恐ろしさ、獰猛《どうもう》さでは他の追随《ついずい》を許さないといわれている。

そんな飛狼竜を飼い馴らすのは至難の業《わざ》で、唯一うまく操っているのがローゼン国の飛狼竜騎士団である。獰猛《どうもう》な飛狼竜を相手にしているので言動は荒いらしいが、その地位は高く一目置かれる存在としてその名を轟かせている。

飛狼竜と騎士は対《つい》が決まっており基本行動をともにする。

つまり彼が飛狼竜騎士としてここにいるのならば、飛狼竜も近くにいる。いくら飼い馴らされているとはいえ、間違いが起こらないとは限らない。戦場では敵国の死体を餌にしていて、彼らが加わった戦いのあとは血の一滴も残されずとても綺麗だという……

みな、まだ姿を見せない飛狼竜に怯えているのだ。

人々の視線を感じているだろうが、こういう視線に慣れているのかタイキの表情は変わらない。

「タイキ様、本当に助かりました。それから言葉遣いはお気になさらずに、普段通りでお願いいたします」

彼の言葉遣いは丁寧ではなくとも、私を侮《あなど》ってのことではない。それならば自然体で接してもらったほうが気が楽だ。時と場所を考えればよいだけで、お互いに了承の上ならなんの問題もない。

「それは助かるな。じゃあ、カナニーア王女も俺には堅っ苦しい敬語はなしにしてくれ。俺だけだと、ほらっ、騎士団長にまたやられるからなー」

彼の視線の先には、目を吊り上げて私たち――ではなく、タイキを睨む騎士団長がいた。タイキはまた『やられる』と言っていたが、たぶん『殺《や》られる』が正しいのかもしれない……

「はい、タイキ様。そう言ってもらえてうれしいです。これからは私も気軽に話しますね」

タイキが殺《や》られては大変だから、ちゃんと騎士団長に聞こえるように声を大きくする。……殺《や》られそうにないけど、念のため。

彼は様もいらないと言ったけれど、それは丁重にお断りした。家族以外の男性の名を呼び捨てにしないのが、モロデイ国の文化だからだ。

そのとき、ひとりの従者が周囲に押される形で前へ出てきた。その後ろでは彼の主君だろう、十歳くらいの着飾った少女が子兎のように震えている。王族間の婚姻は成人前でも認められてるので、政略のために幼くして嫁ぐこともある。ただ今回のように後宮の華候補として争うにはあまりにかわいそうだと思ってしまう。

「騎士団長殿、私はダンテ国の王女の従者でございます。お聞きしたいことがあるのですが、よろしいでしょうか？」

従者は尋常ではない汗を流しながら、騎士団長の返事を待つことなく言葉を続ける。

「そ、そこにひとり、飛狼竜騎士がいるということは、今回の警護には、ひ、飛狼竜騎士団も参加するのでしょうか？」

「もちろん加わる。まだ彼しか到着していないが、明日の朝には全員揃うはずだ。そうしたら王宮に向けて出発する」

――バタンッ。

騎士団長の言葉を聞くなり、震えていた少女は気を失って倒れた。それに触発されたのか、次々に着飾った後宮の華候補たちやお付きの侍女たちがあとに続く。

「あんな獰猛《どうもう》な生き物と一緒なんて、ごめんだわ」

「ローゼン国は何を考えている！」

「王女様に万が一のことがあったらどうするんだ……」

倒れていない王女や従者たちからは一斉に不満の声が上がる。

「騎士団長殿！　我が国の王女は繊細ですので、飛狼竜のそばで何日も過ごすなんて耐えられません。警護の変更をお願いします！」

別の従者がそう訴えると、ほかの者たちも我々にはその権利があるという態度で追従する。興奮しているのもあるだろうが、それ以上に集団だから強気なのだろう。

飛狼竜騎士団が他国の王族の警護についたことが今まで一度もなかったのは、こういう反応を予想してなのかもしれない。

「はぁ……、めんどくせぇヤツら」

ぼそっとタイキがつぶやく。騎士団長の耳にも彼の言葉は届いているだろうが、咎《とが》めはしなかった。

そうだろう、あれは抗議ではなくただの我儘《わがまま》。その国にはその国のやり方があり、招かれた私たちが自国の判断基準を押しつけるのは正しいとはいえない。

「ここに飛狼竜騎士団を派遣したのはローゼン国王ですので、承服できない場合は去ってもらってかまいません。また、もうひとつ重要な知らせがあります。供の人数は各国三名まででお願いします。すべてこちらで用意しておりますので、その人数で足りるはずです」

騎士団長の口調はあくまでも丁寧だったが、反論は受けつけないとその顔には書いてある。この決定に変更の余地はないのだ。

「供が三人なんて少なすぎますわ。髪を結う者、着付けをする者、体を清める者、大量の荷物を運ぶ者とそれぞれ役割を持ってきているのです。誰ひとり余分な者なんておりませんわ」

ローゼン国に次いで大きな国の王女がそう訴えると、周囲の数人の妃候補たちもここぞとばかりにうなずいてみせる。

――まだ自分の立場をわかっていない者もいるようだ。私たちはただの客人ではない、ローゼン国の妃に選ばれるためにここにいるのに。

「ローゼン国のやり方が受け入れられないのなら、そもそもあなた様に我が国の妃は務まりませんでしょうから、どうかお引き取りを」

「……っ、なんですって！」

馬鹿にされたと思った王女は騎士団長に持っていた扇を投げつける。当たりはしなかったけれど、それに反応したのはタイキだった。

「遠回しに言ってもわからないようだな。飛狼竜騎士団が警護するんだ、外からの攻撃は完璧に防ぐから安心しろ。だがな、余計な餌がうろちょろしていると飛狼竜の気が散るんだよっ。間違って食われちまっても自己責任だからな」

タイキはひと呼吸置いてから、冷ややかだが人を惹きつける笑みを浮かべる。

「ローゼン国は人数を減らせと忠告した。それを守らずに、従者がある朝消えていても文句は言うな。もちろん、その綺麗な手が欠けて扇が持てなくなってもな……」

「ヒィッー！」

さっきまでの威勢はどこに行ったのか、王女は腰を抜かす。そして、さきほど倒れなかった者たちも次々に気を失っていく。

私だって飛狼竜は恐ろしいと思う。実際に目にしたことはないからこそ、余計に想像力が掻き立てられてしまうのだ。やはり怖いものは怖い。

でも、タイキの食われちまう発言は……たぶん嘘。ローゼン国が警護にそんな危ないものをつけたりはしないはず。そう信じているし、信じたい！　それに、万が一にそういう事態になっても控えめな私は最後で、女性の魅力が溢れている人たちが先だと思う。野菜だっておいしそうなものから虫に食われる……

辿りついた正解？　にほっとしつつも微妙な気持ちになった。

「モロデイ国の王女は豪胆だなー。飛狼竜が怖くないのか？」

タイキが声をかけてくる。おもしろいものを見つけたと思っているのか、その声音《こわね》は弾んでいる。

怖がっていることを悟られるのはなんだか癪だが、怒るのも違う。

「怖いですよ。でももし食べるにしても、おいしそうな人たちからじゃないかしら。私はあまり食べるところがないから」

「それもそうだなー。だが、俺の飛狼竜は骨をしゃぶるのが好きだぞ」

「……」

冗談を言ったつもりだったが、その平然とした返しに不安が募っていく。

「カナニーア様。タイキ様はあんなことを言っていましたが、飛狼竜はやはりお肉が一番好きですよね……？」

そのとき神妙な面持ちのドーラが、小さな声で尋ねてくる。彼女も私と同じで細身だから、気になっているのだろう。

「……大丈夫よ。私が飛狼竜だったら、まず豊満なお肉をいただくわ。そしてお腹がいっぱいになってしまって、デザートの骨は食べられない」

「そうですよね！　私もそう思っておりました！」

ドーラの表情がぱぁっと明るくなると、私は彼女の手を両手で握りしめる。そして彼女にしか聞こえないように囁く。

「あんなに魅力的な方たちがたくさんいるのだから、万が一があってもきっと平気よ、ドーラ」

タイキの言葉を否定してほしくて、チラリと騎士団長を見ると、それはもう真面目な顔で「肉食ですから」と言った。

「はい！　カナニーア様」

騎士団長様、嘘でも大丈夫ですと言ってほしかったです……

翌朝、指定された時間よりもかなり早くに昨日の広場へ着いた。

すでにローゼン国の者たちは揃っていて、後方にはタイキがおり、彼の周りには同じ服をまとった騎士たちもいる。たぶん彼らが飛狼竜騎士なのだろう。昨日のことを踏まえて、ローゼン国が配慮しているのか、飛狼竜の姿はなかった。

各国の後宮の華候補たちとその供が徐々に広場に集まってくる。供の数は三名までとなったが、守っていない候補者もいた。許可を取ったとは思えないから、ごり押しするつもりなのか。

しかし、ローゼン国の者は彼女たちに特に注意はしない。許しているというふうではないから、きっと言葉が通じない者に割《さ》く時間を取らないのだろう。通達を守らない候補者たちは、自分は特別扱いなのだと周囲に知らしめるかのように高笑いしている。

いつ気づくのだろうか、すでに見放されていることに……

そんなことを考えていると、指定された時間が過ぎていた。

「カナニーア様、変ですよね？」

「そうね、ここまで減るなんておかしいわ」

通達によって人数が減るのは理解できるが、どう見ても減りすぎているのだ。供の数が少なくなっても王女の数は変わらないはずなのに、明らかに魅力溢れるお肉——ではなく妃候補たちの姿が減っている。

「こんなに餌が少ないと、万が一のとき危ないですよね……」

ドーラがぽつりとつぶやいた。

主食が減ればそのぶん、デザートである私たちまで辿りつく確率が上がってしまう。私たちは肩を寄せ合って、万が一に備えて話し合う。あくまでも念のためだけれど、備えあれば憂《うれ》いなしである。

「……もしものときは全力で逃げましょう、ドーラ」

「……。……はい」

話し合いを終えても私たちの顔に笑みはない。憂《うれ》いが晴れるどころか増した気がするけれど、ある意味腹はくくれた。

「自主的に辞退された方がいますが、これから王宮に向けて十組に分かれて馬車で移動します。待遇、警護などに差は一切ありません。何か問題があればすぐに対応させていただきます」

騎士団長が詳細について説明する。

十人の妃候補たちとその供をひとつの組として、それぞれにローゼン国の世話役と騎士と飛狼竜騎士がつくという。

昨日の様子を考えれば辞退も納得だったが、ローゼン国に慌てた様子が一切ないところを見ると予想通りの展開なのだろう。実際にローゼン国王に目通りできる者は何人残るのだろうか。選ばれなくとも、見聞を広めて帰るとお兄様と約束をしたのだから、早々の脱落だけは避けたい。それにローゼン国の王宮まで行ければ、モロデイ国のために何か得られることもあるはずだ。

説明が終わるとすぐに、それぞれ組に分かれて挨拶を交わす。妃候補たちはお互いにライバルなので親しくするつもりはないと言わんばかりの素っ気ない態度だ。みんな国の期待を背負ってここにいるのだから、それは仕方がないことである。

「ドーラ、準備はいい？」

「もちろん万全です、カナニーア様」

私はたったひとりの供であるドーラと一緒に出発前の最終確認をする。

ローゼン国は供を減らすことを求めていたから、ひとりだけのほうがよいと判断し彼女にだけ残ってもらった。それはドーラ本人の申し出だけでなく、私の希望でもあった。

彼女は伯爵令嬢だけど家族の不祥事によってつらい立場にある。だからこそ私に最後まで追従させることで、彼女の名誉を挽回したいのだ。そうしたら、この先彼女は好きな人と結ばれることができるかもしれない。余計なお世話かもしれないけれど……

私はモロデイ国を背負ってここにいるけれど、こっそりとひとつだけ目的を増やしていた。その考えはドーラに伝えてはいない。きっと話したら『こんなときくらい自分のことを優先してください』と泣かれてしまうから。

――優しくて温かくて、私が泣くと、こっそり陰で一緒に泣いてしまう人。もし私に姉がいたなら、きっと彼女のような感じなのだろう。

少ない荷物をローゼン国の者に手渡しているドーラの背中を見つめていると、後ろから声をかけられた。

「やっぱり残ったな、カナニーア王女。俺は違う組の警護だ」

「そうですか、すごく残念です。タイキ様」

探していたわけではないけれど、真っ赤な髪が別の組にいるのに気づいていた。できることなら彼と一緒の組になれたらと思っていた。彼のような気さくな人が近くにいてくれると心強いし、きっと楽しい旅になる。

「そう言ってもらえるとは光栄だ。だがすぐに会うことになるだろうから、そんなに残念がることはねぇよ」

「ですが、それぞれ組ごとに王宮まで移動すると聞きました。警護は途中で入れ替わるのですか？」

「いいや、入れ替わりはない。ただ今は人数が多いから組に分かれて行動するだけで、その必要がなくなったら会えるってことだ。どんなに嫌なヤツでも最後まで責任を持って警護しろと、上から口うるさく言われてるからなー。チッ、人使いが荒いんだよ、ローゼン国は」

上とは騎士団長のことだろう。口ではそう言いながらも、タイキは嫌そうな顔は全然していなかった。こういうことを嫌味なく言えるような関係性なのだろう。

「まあ、すぐに答えが出るから。ちょっと待ってろ」

彼はくっくく、と含み笑いをする。

何を待てと言うのだろうか、と疑問が浮かぶ。もしかしたらローゼン国は人数をもっと減らしたいと望んでいるのかもしれない。でも、ここにいるのは飛狼竜への恐怖をかろうじて乗り越えて残った者たちで、簡単に離脱するとは思えない。

もしやローゼン国は旅の間に何か仕掛けてくるつもりなのだろうか。

「やっと、お披露目が始まるぞ。カナニーア王女、待たせたなっ」

タイキの視線が森へ向けられると同時に、風が吹いていないにもかかわらず木々がざわざわと揺れ始めた。周囲の人たちもその異変に気づき、森から少しでも離れようと後退りする。

「ガウルルゥ……」

唸りながら飛狼竜が一斉にその姿を表した。

その体は巨大な熊よりも遥かに大きく、畳まれている蝙蝠《こうもり》のような翼を広げたらどれほどの大きさになるのか想像がつかない。鋭い爪は竜、耳は狼、尻尾は鼠のように細くツルンとしていて、体を覆った固い鱗《うろこ》の間からまばらに毛が生えている。狼のモフモフ要素も、竜の畏怖すべき凛々しさも皆無だ。

……こ、これは飛狼竜というより飛狼竜鼠《ひろうりゅうねずみ》？

すべてにおいてマイナス要素だけが強調されている不気味な姿は、想像よりも百倍は恐ろしい。

そんな飛狼竜たちが鋭く尖った歯を剥《む》き出しにして、ダラダラと唾液を垂らしている。そのうえ、まるで獲物を狙っているかのように、妃候補とその供たちをその目に映しながら舌舐めずりしている。

「カ、カ、ナニーアさ……ま。あれってどういう目でしょうか……」

「えっ……と、たぶん、飛狼竜流のよろしくお願いします……かしら？」

歯の根が合わない私とドーラが、カチカチと音を立てながら器用に話していると、タイキがニヤニヤしながら告げる。

「ん？　あれは腹が減ってるって目だなー。朝飯は食わせたんだが、目の前に餌がうじゃうじゃいるから仕方がないな」

彼の言葉を裏付けるように、飛狼竜の手綱《たづな》を持っている飛狼竜騎士たちは「おい、待て。それは食べるな！」と怒鳴っている。……妃候補とその供のほうをしっかりと指差しながら。

「きゃー、助けて！」

飛狼竜騎士の切羽詰まった叫びに、みなの動きが一瞬だけ止まり、そのあと一斉に動き出す。

「うわぁー、来るな、食べるな！」

「いやよ、わたくしはもう帰りますわ……」

泣き喚く者、走り出す者、その場で倒れる者で、広場は阿鼻叫喚《あびきょうかん》の巷《ちまた》と化す。

私とドーラはいつの間にか抱き合って——というより、お互いの体にすがりついていた。

「あいつら、うれしそうに笑ってやがる。くっくく、本当に可愛いな。そう思うだろ？　カナニーア王女も」

彼から同意を求められても私はうなずけない。どこからどう見ても可愛いとは真逆である。それにあの顔が笑みだというのなら餌を前にして喜んでいるからであって、私たち餌側の人間は全然うれしくない。

「カナニーア様……」

ドーラはもう涙声になっている。私だって王女でなかったら泣きたい。でも、ここは主君である私がしっかりしなければ。

「タイキ様、あの子たちはみんな骨好きですか？　それとも一頭だけですか？」

「安心しろ、俺の飛狼竜だけだ」

不敵な笑みを浮かべるタイキ。鮮やかな赤い瞳は嘘をついているようには見えないので、信じることにした。

「ドーラ、一頭だけですって。よかったわ、ねっ？」

「カナニーア様、何も安心できません……」

「だな！」

ドーラの正しい指摘に、彼が余計な同意を重ねてきた。たしかに、あの大きさならふたりぶんはペロリに違いないと私も涙目になる。

このあと、場が落ち着きを取り戻すまで数刻かかった。結局、辞退者が続出して候補者たちはさらに半分ほど減ることになった。ローゼン国から引き止める言葉はなく、これも予定通りなのだろう。

……選定というよりも、まるでふるい落とすのが目的みたいだわ。ローゼン国は何を考えているのか。もしかしたら後宮の華を選ぶことだけが、目的ではないのかもしれない。しっかり見極めて動かなければ。

「カナニーア様、お気をつけくださいませ。また何かあるかもしれません」

「ええ、わかっているわ。ドーラも気をつけて」

私と同じことを思ったのだろう、ドーラが耳元で囁いてくる。

出発のかけ声が耳に届くと同時に、私たちが乗った馬車が動き出す。あのお披露目で、私の組の候補者たちは六人になっていたが、予定通りに組ごとに分かれて王宮に向け出発したのだった。

ローゼン国が組んだ旅程は、妃候補への配慮が十分に窺える快適なものだった。にもかかわらず、出発初日から問題が発生する。

「この料理は口に合いませんわ、それにこのお酒も。別のものを用意してください。それにこの宿もひどいものです。次はもっとましな場所を選んでくださいね」

「それはできません。みなさまには同じものを提供しております。誰かひとりを特別扱いはいたしません。ご了承ください」

ある王女は用意されたものすべてにケチをつけ、ローゼン国は丁寧な言葉でそれを拒絶した。ここで要求を呑んだら、ほかの候補者たちに示しがつかないので当然である。

何よりローゼン国が用意したものは最高級でなくとも、礼を尽くしたものであった。このレベルのものを、この大人数に提供できるだけでもすごいことなのに、その候補者は理解しようとしない。

「今回のローゼン国の対応は母国に帰ってから、しっかりと報告いたしますわ！」

「では、国境沿いまでお送りいたします」

こうしてひとり目が早々に去ることになったのだが、残った妃候補たちもさまざまな場面で要求を口にする。そのどれもが正当な理由はなく、我儘《わがまま》といえるものであった。自国ならば容易に叶えられただろうが、ここは他国である。結局、些細な願いさえ叶えられないと憤慨して、ひとりまたひとりと自主的に去っていき、ローゼン国も引き止めることはなかった。


出発から一週間ほど経つと同じ組の妃候補は私だけになってしまい、新たな町に着くなり計画の変更を告げられた。

「ほかの組の到着を待って編成をやり直します。大変申し訳ございませんが、この町にしばらく滞在することになります。みなさまが揃うまでは、ご自由にお過ごしくださいませ」

「はい、わかりました」

ローゼン国の事情を考えれば不満に思うことはなかった。私だってローゼン国の立場だったら、効率よく旅を続けるために同じことをする。

そして、町に着いてからさらに一週間が経過した。まだすべての組は到着していないので、私とドーラはローゼン国の言葉通り自由に過ごしていた。

「カナニーア様、今日もあの子のところに行くのですか？　騎士にしか懐きませんよ」

「それでもいいの。飛狼竜はローゼン国にしかいないでしょ。見聞を広めて帰るとお兄様と約束したから、少しでもローゼン国でしか得られない知識を増やしたいの」

飛狼竜のもとへ行こうとする私をドーラは止めようとはしない。

旅の間、私たちは飛狼竜への恐れを少しでも克服しようとこっそりと観察を続けていた。

『あっ、今、鼠の尻尾がクルルンと回ったわ。きっとうれしいのよ！　ドーラ』

『鱗《うろこ》の間から出ている毛は、苗を植えたばかりの畑みたいです、カナニーア様』

『それに見て、ドーラ。頭に生えているもさっとした毛はひよこがちょこんと乗っているみたいだわ』

『まあ、そんな独創的な見方もあるのですね。カナニーア様は目の付けどころが違います』

『あら、あの爪を蟹に見立てて、食べたらおいしいかもと言えるドーラのほうがすごいわ』

こんなふうにいいところを積極的に探した結果、飛狼竜が見かけと違っていることに気がついたのだ。

うれしいときには鼠の尻尾を振り回し、『グルルルゥ……』と地獄の番犬のような声を発しながら飛狼竜騎士に甘えている。

そして、決して私たちを襲おうとはしない。以前、誤って誰かの供が飛狼竜の前にその身を投げ出してしまったときも、ガフンッと鼻息を吐いただけで無視した。私たちの存在なんて歯牙にもかけていないのである。

さらに飛狼竜は相棒の騎士の命令には絶対に背かないという事実を踏まえて、出発時の広場でのあれは演技だと結論づけたのだ。その結果、意外と可愛い生き物かも……？　と思えるようになってきていた。

だからこそ、時間さえあれば飛狼竜の観察を続けている。ドーラには供としてほかにやるべきことがあるので、最近はひとりで行っていた。

「こんにちは、フロル。今日もいい天気ね。頭のひよこちゃんも絶好調みたいね」

「ガルルゥウ……」

「私が来て喜んでくれているのね、ありがとう。私も会えてうれしいわ」

私が話しかけているのはフロルという名の雌の飛狼竜で、私の組の警護をしている飛狼竜騎士――ゾルドの相棒である。彼は親切で気さくな若者で、攻撃をしなければ襲ってこないなど、飛狼竜のことをいろいろ教えてくれた。

フロルはそろりそろりと柵越しに、いつものように頭を出してくる。

「はいはい、ブラッシングね。わかっているわよ、フロル」

飛狼竜は頭頂部に生えている毛を梳かれるのが好きだ。フロルが自分から頭を出してきたら触ってもかまわないと言われているので、ブラッシングは最近の日課になっている。

私はこうして信頼を勝ち取り、じわりじわりとフロルとの距離を縮めていた。ブラッシングの件をドーラが知ったら心配して止められそうなので、内緒にしているけれど。

……でも、経験しなければ得られないものもある。

今日はこっそり試してみたいことがあった。

「フロル。私ね、言語を勉強するのが趣味なの。だからちょっとだけ試させてね。嫌だったら無視していいから」

飛狼竜騎士が飛狼竜に対して、ローゼン国の古語をもとにした特殊な言語を使って命令しているのは周知の事実だが、発音が非常に難しく他国の者は真似できない。発音が正しいから命令をきくという単純なことでもないらしいが……

「……グルル」

なんだか微妙な間があった。「……やめとけ、恥をかくぞ」と言われたように感じる。あんなにブラッシングをしてあげているのだから、「駄目もとで頑張れ！」と少しは応援してくれてもいいのにと思ってしまう。

……むむ、フロルめ。

ローゼン国で正直なのは、人だけでなく飛狼竜も同じようだ。

「こっほん、まあいいわ。フロル、※＄！」

――シュタッ。

なんとフロルは私の命令通りに動いてくれた。私の発音でも通じたのだと飛び上がって喜ぶ。

「フロル、お利口さんね！　すごいわ」

「おいおい、カナニーア王女は何をやってんだぁ……」

聞き覚えのある声がしたほうを見ると、そこにはタイキと彼の飛狼竜がいた。彼らは私とフロルを凝視している。その声音《こわね》は責めているものではないけれど褒めてもいない。

「お久しぶりです、タイキ様。……あの、勝手にやったら駄目でしたか？」

「いや、駄目じゃねぇよ。駄目じゃねぇけどな……」

おずおずと尋ねる私に、タイキと彼の飛狼竜は揃ってため息をついた。勝手に飛狼竜に命じたことを怒られたのではないとわかって安堵する。

「カナニーア王女。なんでその言葉を発音できるんだとか聞きたいことは山ほどある。だが、まずはこの質問に答えてくれ。なんでそれなんだっ⁉」

彼は顔にかかった自分の前髪を乱雑にかき上げながら、私とフロルを交互に見てくる。

「それとはなんですか？　タイキ様」

「だ・か・ら、なんで飛狼竜にお手をさせてんだって聞いてるんだよ！　可愛い子犬じゃねぇんだよ、飛狼竜は。何を命じるにしろ、もっと格好いいことやらせろよ……」

タイキはまたため息をつき、彼の飛狼竜もブンブンと首を縦に振って同意を示す。

すごく可愛いのにな……

タイキの言葉で気まずくなってしまったのだろう、フロルは私の手の上にちょこんと置いていた爪の先をそろそろと下ろす。私の探究心のせいで悪いことをしてしまった。

「ごめんね、フロル。でもあなたはすごくお利口さんだから胸を張っていいのよ。きっとほかの飛狼竜はできやしないわ。私の拙い発音を理解できる飛狼竜なんて世界にあなただけよ」

頭のひよこ毛をなでながら慰めていると、後ろから唸り声が聞こえてくる。

「グルルゥゥ!!」

「はっ!?　グレゴール、なんでお前やる気出してんだ？　そんなことで張り合うなよ。自分だってできるとか、そんなやる気いらねぇからな！」

フロルを褒め称える言葉にタイキの飛狼竜――グレゴールが反応した。女の子のフロルよりも、ひと回り大きな体がずんずんと近づいてくる。男の子だろうか。

私の前まで来ると「ほらっ、試してみろよ」というような横柄な態度で私の言葉を待っている。

……飛狼竜は相棒に似るのかしら？　そういえば、グレゴールの頭の毛もタイキと同じで真っ赤である。

「似てねぇからな」

「タイキ様、まだ何も言ってません」

どうやらタイキは心が読めるようだ。

「その目が語ってたぞ」

「ごめんなさ――」

「そこは形だけでも否定しろ。地味に傷つくからな……」

大雑把《おおざっぱ》な人かと思っていたけれど、そうではなかったらしい。ここであとから否定するのはわざとらしいので、さり気なく話を元に戻すことにした。

「あの……、この子、どうしたらいいかしら？」

私の目の前で胸を張ったまま動かないグレゴールを指す。

「グレゴールは頑固だからなぁ。仕方がない、やってくれ。まあ、こいつはプライドが高いから、やらないと思うけどな」

そうか、私の拙い発音を聞いて、フガッと鼻で笑いたいだけなのかもしれない。とりあえず、この状況を終わらせようと恥をかく覚悟で口を開く。

「グレゴール、※＄！」

――シュタッ！

グレゴールはすぐさま反応した。フロルと差をつけたかったのか、爪の角度にまで気を配り見事な直角なお手を披露したうえで、「ほれ、どうだ！　俺が世界一だ」とばかりに限界まで胸を反らしてみせる。そして、鼠そっくりな尻尾はグルングルンと勢いよく回転していた。うん、すごく可愛いな……

「グレゴール!!」

相棒であるタイキの悲痛な叫びを耳にしたグレゴールは、気まずそうに私の手からそっと爪を下ろし、彼のそばへ急ぐ。それから「グルルル……」と、うなだれている彼を慰めている、……たぶん。

「……で、どういう経緯？　誰から習ったんだ？　まさかゾルドから教わったのか？　二週間つきっきりで？　寝食以外の時間はずっと一緒で？　……チッ、あいつめ、許さん」

なんだかタイキから殺気を感じる。それは目の前の私にではなくゾルドに向けたものだけど。

「いいえ、違います。ゾルド様から教わったわけではありません。実は、言語を学ぶのが私の趣味で、ローゼン国の古語についても以前調べたことがありました。だから飛狼竜騎士が使っている言葉に興味があり、この二週間で自分なりに意味を推測していました」

「はぁ……、よかったぁ。にしても……ローゼン国の古語を基《もと》にしているが、そっくりそのままじゃない。この短期間で推測するなんて、すげえな……」

そうつぶやく彼からは先ほどまでの殺気が嘘のように消えていた。本当に驚いているのが伝わってくる。

褒められて照れてしまうけれど、実はそんなにすごいことではない。ローゼン国の古語の知識があって、飛狼竜の近くにいれば可能なことだ。みんな飛狼竜を恐れてそばに寄れないだけで。

想定外だったけれど、その機会が得られた私は本当に運がいい。

「文法は基本的に決まりがあるので、それほど難しくはなかったです。ただ発音がすごく難しくて、短い単語しか発声できません。それが――」

「お手だったんだな」

「その通りです。深い意味はありません」

タイキは苦笑いしながらも、上手だったなとグレゴールの頭の真っ赤なひよこ毛を梳いている。

褒められてうれしいのだろう、グレゴールの尻尾はパタパタと揺れていた。

「まだ試していませんが、お座りと伏せもできそうな気がします。試してもいいですか？」

言語の習得には実践あるのみだから試したい。これは、ローゼン国でしか得られない経験である。

「……今はやめてくれ」

「タイキ様、ありがとうございます！」

今は駄目ということは、あとでならかまわないという意味だと、私は声を弾ませ破顔する。

フロルに「また付き合ってね」と頼むと、彼女だけでなくグレゴールも唸ってくれた。やはり飛狼竜騎士と相棒の飛狼竜は似るようで、どちらも困っている人に手を差し伸べる優しさを持っている。

「まあ、疑問も解けたことだし、仕切り直すか。久しぶりだな、カナニーア王女。また会えてうれしいよ」

「私もタイキ様に会えてうれしいです。タイキ様の飛狼竜とは今日が初めてですね。こんにちは、グレゴール。私はカナニーアよ、よろしくね」

「グルルルゥ……」

グレゴールは涎《よだれ》を垂らしながら歓迎してくれていた、……たぶん。

「カナニーア王女は成長したな。飛狼竜が怖くなったのか？　こいつが骨好きなのは本当だぞ」

タイキは片方の口角だけ上げて笑いながら、歯を剥《む》き出しにしているグレゴールに視線を向ける。

「観察していたら悪食《あくじき》ではないと知りましたから。それに人と同じで、見た目で判断するのは間違っているとも気づきました。……噂もあてにならないと」

最後の言葉はローゼン国に対しての当てこすりだ。

飛狼竜に関する悪い噂をローゼン国が否定してこなかったのは、たぶん利があったからだ。その噂にまんまと踊らされたほうが愚かなのか、それともローゼン国が一枚上手《うわて》だったのか。

たぶん後者だろうと思うのは、この国に滞在し実際に見聞きしたことから導きだした答えだった。王女という立場は自由が利かないので、直接多くのことを学べる機会なんて滅多にない。きっかけはサミリスの身代わりだったけど、こういう機会が得られて幸運だった。

「噂はしょせん噂に過ぎないってことだな。そうだ、これから一緒に王宮へ向かうことになったぞ」

彼の言葉を聞き思わず笑みがこぼれる。

「タイキ様の組に私が入るのですか？」

「いや、そうじゃない。俺の組は残念ながらひとりも残らなかった。この町まで辿りつけた妃候補は結局七人だけだ。まあ、ローゼン国流が無理だったんだな」

たしか出発時、妃候補は五十人ほどいたはずだ。減るとは予想していたけれども、正直ここまでとは思っていなかった。ほかの組も私の組と似たりよったりの状況だったのだろう。

「カナニーア王女はつらくなかったのか？」

ここは平気ですと言うのが正解だろうけれど、助けてくれたタイキに嘘は言いたくなかった。それにローゼン国は情報を共有するのだろうから、ここで見栄を張っても意味がない。

「正直、慣れないことがあるたびに戸惑っていました。でも学ぶことが多く、充実した時間を過ごせました。ほら、こうして飛狼竜とも仲よくなれましたし」

フロルが首を伸ばして頭のひよこ毛を擦りつけてきたので、私は指で梳いてあげる。

「気持ちいいくらいに前向きだな。なら、俺との再会も喜んでくれるだろ？」

「はい！ ……あっ、変な意味でなくてタイキ様はその、気さくだから、また話せるのはうれしいという意味で……」

一応は後宮の華候補としてここにいるのだから失言だったと慌ててしまう。

彼は笑いながら、私に向かって右手を差し出してくる。

「わかってるって。とにかくこれからよろしくな、カナニーア王女」

「こちらこそ、よろしくお願いします。タイキ様」

私も右手を差し出し、友人として握手を交わす。

今まで私の周りには学友と呼べる異性の友人もいたし、元婚約者のマカトもいた。だから、こういう形で手を触れるのは初めてではない。けれども、こんなふうにドキドキするのは初めてだった。

なぜかしら……？

そうか、目が違うのだ。モロデイ国にいたときは、人々の視線は私を通り越してサミリスに向けられていることが多かった。華やかなあの子に目が行くのは当然で、周囲の人たちに悪気はないとわかっていても、やはりつらいものがあった。

けれど、鮮やかな赤い瞳はまっすぐに私だけを見ている。助けてくれたあのときもそう……

それに騎士団長やローゼン国の人たちは他国の王女と比べるような真似はしない。会ったことがないローゼン国王を好きになれるかと問われても言葉に窮《きゅう》してしまうけれど、この国のことはもう好きになっていた。

彼のたくましい手が私から離れると同時に、彼は何かを思い出したようでガシガシと頭を掻く。

「そうだ、騎士団長から今後のことについて話があるんで呼びに来たんだ。年寄りを待たせると何かとうるさいから行くかー」

「そういうことは早く言ってください！　それに騎士団長様を年寄り扱いはどうかと思いますよ、タイキ様」

「カナニーア王女が黙っていてくれてたら大丈夫な話だ、なっ？」

タイキがそう言うと、グレゴールまでカクカクと首を縦に振ってお願いしてくる。

その健気さに感動した私は、秘かに『グレちゃん』と呼ぶことに決めた。こんなふうにグレちゃんに頼まれたら、誰も断れないわ。本当に相棒思いのいい子ね……

「今回だけですよ、タイキ様」

「助かるよ、だがこれで俺たちは共犯だな」

「えっ、共犯ですか⁉」

私が目を丸くすると、タイキは「冗談だ」と声を上げて笑う。

彼と一緒だと驚いたり慌てたり、ドキドキしてばかりいる気がする。

——それはとても新鮮で、嫌ではなかった。

それから、私たちは一緒に騎士団長が待つ宿へ急いで戻った。

彼に案内された宿の一室には、すでにここまで辿りついた者たちが一堂に会していた。手を上げ合図を送ってくるドーラを見つけた私は、彼女のそばへ歩いていく。

「これからはみなさまご一緒に王宮へ向かいます。残念ながら辞退された方が予想外に多かったため、その見送りにかなりの人手が取られております。そのためご不便をおかけすることもあるかとは思いますが、どうかご理解ください」

騎士団長が残った七人の妃候補に現状を説明した。国境までの安全を保証するのは招待したローゼン国の責務であるから、この状況は致し方ないだろう。それに残った妃候補たちのために飛狼竜のほとんどはここにいるので警備に問題はない。

だが、予想外と言っておきながら、騎士団長の顔には焦りも困惑もなかった。ローゼン国の流儀を受け入れられない者は王宮に辿りついても意味がないから、先にふるい落としたのだろうと考えていると、ふと違う考えが浮かんできた。

……もしかしたら、ローゼン国王は妃としたい者が本当はいるのではないだろうか。

その女性の身分が高くない場合は、周辺国から我が国の王女こそ妃にふさわしいと横やりが入る可能性がある。しかし、各国の王女が辞退したのでその者を妃としたという形を取れば、周辺国はとやかく言えない。

この残った人数の少なさを思うと、なんだかそんな気がしてきた。

とはいえ選ばれなくとも、そもそも選ぶ気がないにしても、私はなるべく長くローゼン国に滞在できるように頑張るだけだ。それによってモロデイ国をローゼン国に印象づけられれば、結果として母国の利となるはず。

それに飛狼竜との時間も楽しいので、あの子たちとお別れするのはまだまだ先がいい。

「不便とは具体的にどんなことでしょうか？　最初から大変不便な思いをしてきておりますが。そのうえ、飛狼竜という『地獄の番犬』もどきに耐えていることもお忘れなく」

失礼な発言をしたのは、初日に私に絡んできたサリー王女だった。持っている扇で顔の下半分を隠しているが、その下では苦々しげに口元を歪めているのだろう。

私の隣にいるドーラが耳元で囁いてくる。

「まさかあの王女が残っているとは思いませんでした。一番に音《ね》を上げそうに見えましたから」

「国を背負っている責任感かしら？」

「責任感があったら人前でカナニーア様に失礼なことを言ってません。たぶん、タイキ様が口にしていたあの言葉が関係しておりますね」

彼女にしては珍しく辛辣な口調なのは、私を侮辱したことをまだ怒っているからだ。

そしてあの言葉とは、『ゴーヤンの行き遅れ』のことである。王女は国のために婚姻を結ぶことが多く、適齢期を過ぎても未婚だと、責務を果たしていないと周囲の目も厳しくなるのが現実だ。きっとサリー王女なりに必死なのだろう。

サリー王女の質問に対し、騎士団長が答える。

「人手が少なくなっているぶん、さまざまなことでお待たせすることになると思います。ご迷惑をおかけして申し訳ございません。明日の早朝に出発しますので、それまではゆっくりと休んでください」

「はぁ……」

サリー王女はこれみよがしにため息をついたけれど、それ以上文句は言わなかった。ここまで残っただけあって引き際を心得ているようだ。

騎士団長が謝罪の言葉を告げたあと一旦解散となった。

明日に備えて私とドーラが早々に部屋に戻ろうとしていると、行く手を阻む者がいた。

「あら～、カナニーア様も残ったのね。控えめな王女様だからもらい手がなくて必死なのかしら？」

サリー王女は三日月のように唇の端を上げ、さもおかしそうに笑う。懲りない人らしい。それとも誰かを見下すことでしか、自分が優位に立てないのだろうか。たぶんどちらもだろう。

困った人ね……

「またお会いできてうれしいですわ。サリー様なら辞退など決してされないと思っておりました。きっと最後まで残られるのでしょうね」

必死さではあなたのほうが上ですね、と嫌味を言ったつもりだった。でも彼女はそれに気づかずに、自分が称えられたと満面の笑みになる。

……すごく素直な人なのかもしれない。だからこそ婚期を逃してしまったのかなと少し同情する。

「私の魅力がちゃんとわかっているのね。カナニーア様、控えめと言ってごめんなさい。正直なだけで悪気はないのよ」

「全然気にしておりませんわ、サリー様」

サリー王女は左手は口元の横に、右手は腰に当てふんぞり返った姿勢で高笑いし続けている。

私は頬を引きつらせながら、心の中で素直なのではなく性格に難ありでまだ未婚なのだと前言撤回する。

同情の余地はなしね……

「サリー様。つかぬことをお聞きしますが、足の小指を最近痛めておりませんか？」

ご機嫌な様子で私の前から去ろうとするサリー王女を呼び止めたのはドーラだった。

「あら、どうして知っているの？　馬車に乗るときになぜか毎回ぶつけてしまうのよ。まったく、オンボロ馬車で嫌になるわ」

ドーラの口元が一瞬だけ上がったのが見えた。それには深い理由がある……

実は二週間前から彼女は毎晩寝る前にお祈りをしていて、ある晩、気になった私は尋ねてみた。

『何を祈っているの？　ドーラ』

『サリー王女が足の小指をどこかの角にぶつけますようにと祈っております』

『そ、そうなの……』

真剣な顔でドーラは答えてくれた。実は私もこっそりと祈っていたけれど、それは内緒にしている。

さきほどの彼女の笑みは毎晩の祈りの成果を確信してのものだろう。

「それは大変でございますね。私からもローゼン国に抗議しておきます」

「モロデイ国の侍女は存外に気が利《き》くのね、ではよろしくね」

満足げにサリー王女は去っていった。普通ならなぜそんなことを質問するのかと疑問を抱くところだが、本当に深く考えない人でよかった。

部屋に戻り扉を閉めると、ドーラはうれしそうに小さく飛び跳ねる。私よりもみっつ年上だけれど、可愛い一面もあるのだ。

「カナニーア様、この調子で一緒に祈りましょう！」

「えっ……？」

「カナニーア様のことならなんでもお見通しですから。ベッドの中に潜って祈っている姿も大変に可愛らしかったですよ」

このあとふたりで思いっきり笑ってから、やりすぎは何ごともよくないと、サリー王女に嫌味を言われた日だけ祈ることに決めた。そして荷物をあらかたまとめると、私とドーラは同時に口を開いた。

「明日からローゼン国の手伝いをしようと思っているの」

「明日からローゼン国を手伝ってもよろしいでしょうか？」

まるで示し合わせたような台詞《せりふ》に、私たちは顔を見合わせ吹き出してしまう。

ローゼン国に文句を言うよりも、どうすれば早く終わるか考えたほうが建設的だ。

私は王女で、ドーラも私付きの侍女をしているけれど伯爵令嬢なので、あまり役に立てるとは思えない。それでも何かしらできることはあるはずだ。善は急げとばかりに騎士団長のもとへ向かうと、私たちは手伝いを申し出る。

「大変うれしいお申し出ありがとうございます、カナニーア様。ですが、他国の方にそのようなことはさせられませんので、お気持ちだけいただきます」

「困ったときはお互いさまというではありませんか。それに、私たちにとってもよい経験となりますので、ぜひ手伝わせてください」

騎士団長は丁寧に断ったが、私たちは一歩も引かなかった。言い方を変えてのやり取りを何度か交わしたあと、根負けした騎士団長は「実は猫の手も借りたいほどだったので助かります」と苦笑いしながら、受け入れてくれた。

しかし勢い勇んで来たものの、私たちが何を手伝えるかわからない。なので、いろいろ試してみることになった。

「では、食器を運んでいただけますか？」

「「はい、わかりました」」

――ガッシャーン。

ふたりとも大量のお皿を運んだのは初めてで、バランスが取れず豪快に落としてしまう。

「では、食器を拭いて、しまっていただけますか？」

「「はい、わかりました！」」

――キュッキュッ、……ガッシャーン。

うまく拭けたけれど、しまうときにぶつかってお皿の山を崩してしまった。

「……で、では、野菜の皮を剥《む》いていただけ――」

「「今度こそ、頑張ります！」」

今度は何も落とさなかったが、ふたりとも野菜の皮だけでなく手の皮も剥《む》いてしまった。

そのあともいろいろ試したけれど、似たりよったりの結果となる。

唯一お菓子作りのときにドーラが褒められた。私が落ち込んでいるときに出してくれる砂糖菓子はすべてドーラの手作りだったから納得だった。

そして一時間後、私たちの前に立つ騎士団長はものすごく気まずそうな顔をしていた。

「では、ドーラさんには厨房の手伝いをお願いします。カナニーア様、お気持ちありがとうございました」

ドーラはかろうじて採用だったけれど、私は不採用という結果となった。猫の手も借りたいと言っていた騎士団長が、私に深々と頭《こうべ》を垂れ「どうかお引き取りを……」と全身全霊で訴えてくる。

私は猫の手以下だったようだ。

◇　◇　◇

俺――タイキが報告のために騎士団長の部屋を訪れると、ちょうど扉が開いて中からカナニーア王女とその侍女が出てきたところだった。
カナニーア王女は体から力が抜けたようにふらふらしている。

「具合が悪いのか？　カナニーア王女」

「……。……いいえ、絶好調です」

どこか遠くを見ながら、心ここにあらずという感じで、彼女はその様子とは真逆の答えを返してくる。騎士団長と揉めたのかと一瞬思ったが、侍女の様子を見る限りそうではないだろう。

もし主人であるカナニーア王女にローゼン国が無礼な真似をしたら、この侍女が黙っているはずがない。それに騎士団長はカナニーア王女のことを気に入っている。他国の文化を否定しない姿勢を評価しているのもあるが、最初から彼女に対して好印象を持っていたのだ。

……そう、あれは選定が始まる前のことだった。

俺たちは続々と到着する妃候補たち一行をまず宿に案内した。旅に不慣れな妃候補たちは疲れていて宿に着くなり自国の従者に尽くされ、確認の前のわずかな時間でその身を休めていた。

しかし、モロデイ国だけは違った。カナニーア王女は甲斐甲斐しく世話を焼こうとする供の者に、一緒に休もうと提案したのだ。

他国の妃候補たちが傲慢だとは思わない。国を背負って選考に臨むのだから休むのも仕事だ。だが、モロデイ国の王女の気遣いは供の者たちの疲れを軽減させただろう。実際に一緒に休んだかどうかは重要ではない、その気持ちがうれしいのだ。

このやり取りを俺と騎士団長は偶然目にした。だからこそ、騎士団長はカナニーア王女に温情をかけた。

妃候補変更の連絡が確認の時点で届いていなかったのは、モロデイ国の落ち度だ。それを理由にお引き取り願ってもよかったはずなのに、騎士団長はカナニーア王女を受け入れた。

それなのに飛狼竜たちの芝居を披露する前に、俺がカナニーア王女とちょっと話しただけで、特定の者に肩入れするなと騎士団長は目くじらを立てたっけな。……甘いのは誰なんだよって話だ。

そのときの俺は先に出発したカナニーア王女を遠くから眺めながら、また会える気がしていた。

明確な根拠はなく、勘だろうか。普通の王女に見えるのに、なかなか豪胆だったからだ。

襲いかからんばかりの飛狼竜を前にして『骨好きは一頭だけですって、よかったわ』なんて言うヤツを初めて見た。怯える侍女を安心させるためとはいえ、普通は言えない。いや、言わない台詞《せりふ》だ。今でも思い出すたびに腹を抱えて笑っている。

そして、俺の勘は当たり、こうしてカナニーア王女と再会を果たした。彼女と出会って日は浅いが、いろんな顔を見せてくれるからか、その存在から目が離せなくなっている。今もそうだ。

「おい、無理するなよ。カナニーア王女」

「無理？　ふふ、猫の手以下ですからそれこそ無理ですね」

「カナニーア王女、本当に大丈夫か？」

「……はい、絶好調です」

侍女が後ろで「そっとしておいてください」と声を出さずに言っていた。侍女の表情を見る限り問題はなさそうだ。まあ、詳しいことはあとで調べればいい。

自称、絶好調のカナニーア王女の後ろ姿を見送ったあと、俺は軽く扉を叩くと、中からの返事を待つことなく入室する。

「返事くらい待て、タイキ」

呆れたようにそう言う騎士団長の隣には、ゾルドの姿もあった。ちょうどよかった、彼に伝える手間が省ける。

「騎士団長、カナニーア王女について報告しておきたいことがある。彼女は飛狼竜に使う言語を自力で習得しつつあるぞ」

「はっ!?　自力でだと?」

「いくらなんでも、それはありえないでしょ……」

彼らは口をあんぐりと開けて間が抜けた顔をしている。

俺もあのとき、こんな顔をしていたのだろうか。もしそうなら穴があったら入りたい気分だ。女の前で格好つけたいと思わないが、聡明なカナニーア王女の前で阿呆面《あほづら》を晒すのは避けたい。

「この目で見たから事実だ。簡単な単語だけだが、フロルとグレゴールには通じていた。俺も驚いた」

それから俺は詳細を報告していく。

ふたりとも驚いてはいたが、俺の言葉を疑うことはなかった。俺が嘘をつく理由がないからだけでなく、カナニーア王女と接してそれぞれ感じるものがあるからだろう。

「心根が優しいだけでなく賢いとは。第一王女こそがモロデイの至宝だな」

騎士団長の言葉に、俺とゾルドは深くうなずく。

容姿が華やかな第二王女がモロデイの至宝と言われているらしいが、真の至宝はカナニーア王女だろう。

お手をさせている彼女はすごく可愛かった。控えめだと？　どこに目を付けているんだって話だ。

「カナニーア王女って変わっているけど、なんかいいな。俺のフロルのことも可愛いって言ってくれるし、後宮の華候補じゃなくて俺の嫁候補でいいんじゃないかな～」

――ゴンッ！　バシッ！

「なんでふたりして殴ってくるんだよ！」

ゾルドは頭を抱えながら涙目で抗議する。俺はゾルドの尻を蹴飛ばしただけで殴ってはいない。

「カナニーア王女は形だけとはいえ、蒼王《そうおう》の妃候補としてここに来ているんだ。冗談でもそんなことは言うな、この馬鹿息子が！」

騎士団長の言い分は正しい。蒼王が妃を求めていないとしても、今の彼女の立場は後宮の華候補だ。

……そう、この選定は建前で実際に妃を選ぶつもりはない。

ローゼン国の王妃が亡くなってから周辺国は騒がしくなった。妃を娶《めと》るつもりはないと丁重に断っても、繋がりを求めて使者が連日押しかけてくる始末。だから、平等に機会を与え周辺国同士がいがみ合うことがないようにと、あの通達を送ったのだ。公正な選定の結果、選ばれなかったのならば、周辺国は引き下がるしかない。

「まったく、いつもの冗談なのに……。でも、なんでタイキまで蹴るんだ？　いつものお前なら笑い飛ばすところなのに」

ゾルドの言う通りだった。

ん？　なんでだ？　ただなんとなくイラッと来たのだ、深い意味はないはず……

「日ごろ世話になっている騎士団長の味方をしてみた」

「はぁ？　意味わかんねー」

ゾルドは仕返しとばかりに、バシッと俺の背中を叩いてくる。

幼馴染である俺とゾルドはお互いに遠慮は無用の仲だ。父親同士が親友なので幼いころから一緒に転がり回って育った。

ゾルドの父親は騎士団長のガルナン・ザザで、その親友とはローゼン国の蒼王、つまり俺の父親だ。ちなみに蒼い髪と蒼い瞳から蒼王と呼ばれており、捻りがない単純な呼び名はローゼン国らしい。そういう関係だから騎士団長は俺に容赦がない……のではない。

『ガルナン。飛狼竜騎士としての任務についているときは遠慮は無用だ。部下として厳しく接してくれ』という主君の言葉を、真面目な騎士団長は忠実に守っているのだ。

騎士団長と俺の髪と瞳の色が同じなのは偶然で、ローゼン国はこれをうまく利用している。

国外の者たちは、俺と騎士団長が近しい関係——たいがい家族だと勘違いしてくれる。だからこそ王太子だと気づかれることなく、飛狼竜騎士として自由に行動できているのだ。

そもそもローゼン国の王太子として国外に出回っている絵姿《えすがた》の俺は蒼王である父と同じ蒼の髪、蒼の瞳だ。顔立ちだってあまり似ていない。どこの王族でも絵姿《えすがた》を盛っているのはよくあることと……ということにしている。ローゼン国お得意の情報操作だ。

ただ嘘ばかりだと何かの拍子にボロが出やすいから、真実も織り交ぜていた。

俺の正式な名は『ロウドガ・レイ・サイラス・ユウ・タイキ・ローゼン』で、飛狼竜騎士として表に出るときは『タイキ』と名乗っている。ただ国外には王太子の名は『ロウドガ・ローゼン』とだけ公表しているから、タイキという名前を聞いて王太子だと思う者はいない。

「カナニーア王女は何か企んでいる様子だったか？　タイキ」

騎士団長が尋ねる。

「いや、あれは純粋に探究心からだな。それに飛狼竜は賢いから、何か企んでいるヤツには相応の報いが待っているだけだ。まあ、何か気になることがあったらまた報告する」

「そうしてくれ、タイキ」

飛狼竜は調教しているとはいえ、危害を加えようとすれば容赦なく反撃し命を奪うこともある。昔は飛狼竜を盗もうとしたどこかの国の愚か者が飛狼竜の牙で、露《つゆ》と消えたこともあったという。

報告を終えた俺が部屋を出ると、ゾルドも一緒についてきた。

「もしかしてカナニーア王女って俺に気があるのかな？　俺のフロルのこと気に入ってるみたいだし～」

「それはない。カナニーア王女は俺のグレゴールのこともすごく気に入っていた。だからない、絶対にない、死んでもない」

「そんなに連呼するなよ。わかってるって、ただ言ってみただけー。でもタイキらしくないな、こんな冗談にムキになるなんて」

ゾルドがお調子者だとわかっているのに、なぜか今日の俺はらしくない反応をしてしまう。

「お前の心配をしてやってるんだよ。騎士団長にまた殴られたらかわいそうだからな」

「生まれたときから一緒にいるけど、そんな優しいこと初めてタイキから言われた！　やばい、うれしすぎる。どうする？　俺。そうだ、まずはタイキの気持ちに応えなくては！　タイキ、俺も愛してるから――」

――ドゴン！

ゾルドが抱きついて唇を突き出してきたので、容赦なく沈めておいた。「ただの冗談だったのに……」とかすかに声が聞こえてきたので、生きているようだ。

よかった、こんなヤツでも俺の大切な親友だ。

三章　飛狼竜が運んできた恋

猫の手にもなれなかった私が落ち込んでいようが、旅は続いていく。

厨房からは毎日何かが壊れる音が聞こえてくるけれど、ドーラは「厨房の仕事はなかなか奥深いです」と毎日楽しそうだから応援している。

……あとからローゼン国からお皿代を請求されたらお兄様に払ってもらおう。これも見聞を広めるための必要経費だ。

私はといえば、今朝も出発前に飛狼竜のもとにやってきている。

ただ観察しに来ているわけではなく、なんと正式に飛狼竜のお世話係となったのだ。どういう経緯でその立場を獲得したかというと、お手伝いすることがない私は飛狼竜の観察をしつつ、勝手に頭の毛のブラッシングに精を出していた。

何もできないのと何もしないのでは、まったく意味が違う。

誰かからまた遠回しに拒まれたらやめようと思っていたけれど、飛狼竜騎士たちが私の行動を好意的に受け取ってくれ、私に内緒で上にかけ合ってくれたのだ。

その結果、ドーラに遅れること数日、私は飛狼竜のお世話係という大変うれしい仕事を任された。

——猫の手以下からの脱出である。

「おはよう、みんな！　今日も歯を剥《む》き出しにして、元気そうね」

私の姿を見て飛狼竜たちは一斉に大きな声で唸って甘えてくる。そして、我先にと柵から頭を突き出し、頭の上に生えたひよこ毛を梳いてくれと頼んでくるのだ。

「みんなよい子たちね。はいはい、順番よ。フロルのひよこちゃんは今日もフワフワで可愛いわね」

「グルゥ……」

私は頬を緩めながら、ブラッシングに使う鉄の櫛《くし》を手に取る。

一番先に頭を出したフロルの毛を丁寧に梳きはじめると、ほかの子たちは喧嘩もせずにちゃんとお行儀よく待っている。

飛狼竜は仲間同士で傷つけ合ったり、相手を蹴落とし自分が前に出たりすることはないという。こういうところは人も見習うべきだ。私はローゼン国に来てから、多くのことを飛狼竜から学んでいて、こういう形で見聞を広められるとはうれしい誤算だった。

次々と手際よくブラッシングしていき、最後の子の順番になった。それなのに、なぜか丸まってお尻をこちらに向けている。

「グレちゃん、お待たせ。どうしたの？」

「……」

グレゴールは飛狼竜の中で一番体格がよく、見た目もほかの追随《ついずい》を許さないほど恐ろしい。

サリー王女なんて会うたびに大袈裟《おおげさ》に驚き、その拍子にどこかに足の小指をぶつけている。……

祈りが効いているのではなく、おっちょこちょいなのかもしれない。

そんなグレゴールは実は一番甘えん坊なのだ。順番が最後なのを怒っているのではなく、たぶんさびしくなって拗ねている。今日の拗ね具合も可愛いわ！

「遅くなってごめんね。その真っ赤なひよこ毛にすごく触りたいな、いいかしら？」

優しく声をかけるが、グレゴールは振り向かない。しかし、その尻尾はパタパタと小刻みに揺れはじめ、うれしい気持ちを隠しきれていない。もうひと声だわ。

「世界で一番格好いいグレちゃん、凛々しい顔を見せて、ねっ？」

「グルルルゥ……」

グレゴールはゆっくりと振り向き、仕方がないからやらせてやるという感じを漂わせながら頭をちょこんと差し出す。でも、その尻尾はクルリンクルリンと回っている。本当に可愛い子なのだ。

私は真っ赤なひよこ毛を梳きながら、その感触を堪能する。グレゴールの毛はほかの子たちよりもサラサラしていて、また違った気持ちよさがある。

「タイキ様もグレちゃんと同じなのかしら？」

髪の色が同じだから、髪質も一緒かなと考えていると後ろから笑い声が聞こえた。

「おい、タイキ。お前、グレゴールと同じだって言われてるぞ」

振り返ると、そこにはお腹を抱えて笑っているゾルドと、眉間に皺を寄せているタイキが立っていた。飛狼竜のお世話をするうちに、飛狼竜騎士と接する時間も増えていく。中でもこのふたりとは顔を合わせる機会が多く、気さくに話すようになっていた。

ふたりが幼馴染みでかつ縁戚《えんせき》関係にあり、あの真面目そうな騎士団長がゾルドの父親だと聞いたときにはとても驚いたものだ。タイキと騎士団長の色の一致は偶然らしい。

「おはようございます。タイキ様、ゾルド様」

「顔は似てねぇぞ」

ぞんざいな口調だけれどタイキが怒っていないのはその表情からわかる。なんだか拗ねているときのグレゴールに少し似ている気がして可愛い？　かな。飛狼竜と騎士は性格が似るのかもしれない。

「顔ではなくて髪質のことです。グレちゃんはサラサラなので、同じ髪色のタイキ様もそうかなと考えてました。ねっ？　グレちゃん」

「グル！」

グレゴールも元気よく同意してくれる。

私のグレちゃん呼びを聞いて、最初こそタイキは膝から崩れ落ちていたが、もう平気になっている。馴れたのか、それとも諦めたのかはわからないけれど、『カナニーア王女なら好きに呼んでいい』と言ってくれた。彼は心が広いのだろう。

「カナニーア様、今日もありがとうございます！　フロルたちの頭、ふわふわですね。ここまで上手に梳ける人はいませんよ。あー、飛狼竜たちがうらやましいな。俺もふわふわにしてもらいたいです！」

ゾルドがいつものごとく調子のいいことを言うと、すかさずタイキが鉄の櫛《くし》を手にしてゾルドを追いかける。彼らは本当に気の置けない仲なのだ。

「カナニーア王女。お手以外もできるようになったか？」

いつの間にかじゃれ合いは終わったようで、タイキが話しかけてきた。ゾルドは頭を抱えているけれど血は出ていない。……たぶん、大丈夫だろう。

「グレちゃんとフロルは、おすわりをやってくれますが、ほかの子たちは駄目でした。やはり発音が拙いからでしょうか？」

「それもあるだろうが、信頼の差もあるだろうな。フロルとの付き合いは長いだろ？」

「たしかに、私の組の警護だったので最初から一緒でした。それなら、グレちゃんはどうしてかしら？」

タイキに向けて聞いたつもりだったけれど、答えたのはゾルドだった。

「グレゴールは女好きなのかな。相棒のタイキに似ちゃったのかなー、はっはは。……あー、嘘です、冗談です、俺は嘘つき野郎です！　カナニーア様、さっきの発言は信じないでください……」

茶化していたゾルドの口調が、後半から怯えに変わる。

タイキのほうを見れば、その手には万が一飛狼竜が暴走したときに使う鉄製の鞭が握られていた。

——ビュンッ！

鞭を打ちつけた地面は見事にえぐれる。あれが当たったら即死だろう。本気だとは思わないけれど、念のために助け舟を出しておく。

「大丈夫です、ゾルド様。先ほどの言葉だけではなく、基本信じていませんから」

彼はよく冗談を言う。最初は真に受けて驚いていたけれど、そのあと騙《だま》されたと気づくことが多いので、最近は話半分で聞くようにしているのだ。

「……へっ？」

ゾルドは何を言ってるんだという目で私を見る。タイキは少しだけ意地悪な顔をしてみせ、鞭を元あった場所に戻した。

「はっはは、命拾いしたな、ゾルド」

「……助けてくれて？　ありがとうございます、カナニーア様。けど、嘘でも地味に傷つくな」

ゾルドはわかりやすくいじけるけれど、グレゴールみたいに可愛くは感じなかった。拗ねたタイキは可愛いらしいと感じたのに、この差はなんだろうか。

タイキを横目でちらっと見るが、可愛いと思える要素は当然だがなかった。

「そういえば騎士団長が呼んでいた。ゾルド、早く行け」

「そういうことは早く言えよ。また怒鳴られるじゃないかー。で、騎士団長はいつ呼んでたんだ？」

ゾルドはわかりやすく慌てる。彼は父親のことを騎士団長と呼んでいる。ローゼン国は言葉遣いに厳格さは求めないけれども、公私混同はしないようだ。

「昨日の晩だ」

平然と答えるタイキ。……もう日が変わっている。遅すぎるだろうと思っているのは私だけではない。

「はっ？　昨日？　ん？　でも今朝、騎士団長に会ってるけど、俺。そのときには何も言われていない。なんでだ？　用がなくなったとしても、どやされるはずだよな。何かがおかしくないか？」

「気のせいだ、お前は騎士団長に会ってない。それは夢だ、だから早く行け」

首をかしげるゾルドと、畳みかけるように言うタイキを、私は交互に見る。

「いやいや、お前も一緒にいたからな――」

「それも夢だ」

「いや、顔を洗って飯食ってから話したから。まさか、そこから夢？　それとも飯食ってから、また寝落ちした？　いや、この会話も夢なのか……」

「全部合っているから、早く行ってこい」

「いやいや、全部合っているとかおかしいから！　タイキ」

彼らのやり取りは見てて飽きない。嚙み合っていない会話は、ふたりにしかわからない世界という感じでいい味を出している。

「は・や・く・い・け」

タイキが四度目となる同じ台詞《せりふ》を告げると、一瞬だけ間があってからゾルドが口を開く。

「あー、そうか、そういうことか。カナニーア様、俺は騎士団長に昨日から会ってなくて、かつ呼ばれているらしいのでお先に失礼します」

ゾルドは去る前に私に挨拶する。こういうところがきちんとしているのは、真面目な騎士団長の教育の賜物《たまもの》だろう。

「ゾルド様、思い出せてよかったですね」

「はっは……は、そうですね……。タイキ、覚えてろよ！」

タイキに向かって捨てゼリフを吐いてから去っていった。それはそうだろう、昨日の伝言を今日になって伝えるのはいくらなんでも遅すぎる。

しかしタイキはかまうことなく、グレゴールを柵から出してその体にすばやく鞍《くら》を付けていく。

「心の準備はできているか？　カナニーア王女」

「はい、大丈夫です」

実は、私はもうひとつ重要な仕事――飛狼竜に乗って朝の散歩を任されていた。

飛狼竜は相棒以外を乗せるのを嫌がるため、基本的に飛狼竜騎士がひとりで騎乗する。相棒以外の飛狼竜も操ることはできるがその乗り心地は最悪らしく、ましてや飛狼竜騎士以外の者は振り落とそうとするという。

しかし、緊急を要する場面などで第三者を乗せることが可能になったら、飛狼竜の活躍の場は広がる。

では訓練を、と考えていたところに私というちょうどいい存在が現れた。

飛狼竜に近すぎる者では訓練にならないし、飛狼竜を恐れる者では手伝えない。私は飛狼竜には乗れないけど、恐れないからと大抜擢されたのである。……私が猫の手を越える日がやってきた。

今朝は記念すべき初日。

まずは私に馴れているグレゴールで試すことになり、これから相棒のタイキと一緒に空を翔《と》ぶ。不安もあるが、それ以上に飛狼竜に乗るという貴重な体験ができるうれしさのほうが大きかった。

運動神経がよくない私はひとりで馬にも乗れない。飛狼竜ならばと頑張ったけれど……無理だった。

「カナニーア王女、さあ、手を出せ」

グレゴールに先に乗ったタイキは苦笑いしながら手を伸ばしてくる。少し悔しかったけれど素直に手を出すと、彼は軽々と私を引き上げてくれた。

「しっかり掴まっていろ」

タイキが私の耳元でそう囁いたあとに、グレゴールに向かってよく通る声で命じる。

――バサッ、バサッ、バサッ……!!

グレゴールは数回羽ばたくと、瞬く間に空へ駆け上がっていく。

その飛行は地上から眺めているときとまるで違っていて、グレゴールは急上昇や急下降や蛇行を繰り返し、邪魔者である私を容赦なく振り落とそうとする。

事前にタイキから説明を受けて覚悟はしていたけれど、その恐怖は想像を絶するものだった。

「きゃー！　グレちゃん、止まってー！」

なりふりかまわず本能のままに絶叫する私。……王女としての気品はどこかに飛んでいったらしい。

私の叫びにグレゴールは羽を止め、急降下ではなく落下し始める。さっきまで遥か彼方にあったはずの地上がぐんぐんと迫ってきて吐きそうだ。

「やっぱり止まらないでー。グレちゃん、全速前進して！　えっ、速すぎるから……。うぎゃー！」

しっかりとタイキに支えられているから命の危険はないと頭ではわかっている。それでも、支離《しり》滅裂《めつれつ》なことを叫ばずにはいられない。

「もう少しだけ頑張ってくれ。カナニーア王女、俺を信じろ」

「……は、はい」

タイキはグレゴールの羽や耳や頭のかすかな動きに合わせて命じる。すると興奮状態だったグレゴールは、タイキの巧みな技術と誘導によって徐々に落ち着きを取り戻していく。そして飛行が安定してくると、タイキは余計なことを言わずにグレゴールを自由に翔《と》ばせる。お互いに信頼し合っているからこそできることだ。

「タイキ様、翔《と》ぶって素敵ですね」

なんとか理性を取り戻した私は、頬に突き刺さる風さえも心地よく思えてきた。地上から離れると心まで解き放たれるようで、今この瞬間だけを楽しめばいい、自由でいいと思えてくる。

「だろ。もし叫び足りなかったら、また叫んでもいいぞ。今、この空は俺たちの貸し切りだからな」

「……忘れてください、タイキ様」

先ほどの醜態を思い出して顔が真っ赤になる。

「気にすんな！　初飛行のときの俺といい勝負だった。いや、それよりも上出来だったたな」

タイキは豪快に笑いながら見え透いた嘘を言う。嫌味のひとつを言ってもおかしくないほど迷惑をかけたのに逆に慰めてくれる。グレゴールもタイキの言葉に相槌を打つように、首だけ振り向いてコクリとうなずく。

タイキと一緒に空の散歩を楽しんでいると、ふいに元婚約者と一緒に馬に乗ったときのことを思い出す。

馬車が壊れて、兄と彼の馬に私とサミリスがそれぞれ乗せてもらうことになったのだ。あのときマカトは礼儀正しく乗せてくれたけれど、物理的に私と距離を置こうとしていて、とても乗り心地は悪かった。馬と飛狼竜の違いはあれど、タイキの乗せ方は自然で乗りやすい。

サミリスの目が合ったから、マカトはあんな乗せ方をしたのだろう。それに気づかずに私は体の痛みを笑顔で隠して、とても楽しい時間だったとマカトに礼を告げた。

さぞ滑稽だったでしょうね……

自分の鈍さを今さらながらに感じてしまう。

飛狼竜の初飛行という楽しいことをきっかけに、惨めな自分を思い出したくなんてなかった。

タイキは黙り込んでしまった私を、覗き込んでくる。

「カナニーア王女、どうした？」

「いいえ、なんでもありません。タイキ様」

「ふーん、そうか」

元婚約者との嫌な思い出なんて話せないから、私は平静を装った。彼がそれ以上聞いてこないことにほっとしているのに、なぜかそれがさびしくもある。私って勝手だな……

「グレゴール、%%#”※—&%#!”・，%!」

突然タイキが何かを早口で命じる。

――グンッ！

グレゴールはいきなり羽ばたくのを止め、堕《お》ちるように急降下する。

体勢を崩した私は、タイキに寄りかかるような形になってしまう。彼は優しく抱きしめるように私の体を受け止めてくれて、こんな状況なのに不思議と恐怖は感じない。

真っ赤な髪が綺麗で、サラサラだわ……

頬にかかる彼の髪がくすぐったい。風に踊っている鮮やかな赤は熱した鉄のような強さを感じさせるのに、極上の絹のように柔らかく、グレゴールとお揃いだなと呑気に思う自分がいた。

引き寄せられるような赤色を瞳に映したまま、私は自然と頬が緩んでくる。

「……いい顔に戻ったな」

タイキが何かつぶやいたけれども、風にかき消されて聞き取れなかった。聞き返そうとしたけれど、その前に彼がグレゴールに向かって命じた。

「グレゴール、”％％＄＃”」

グレゴールは何事もなかったかのように安定した飛行に戻る。

この様子では、さきほどの行動は暴走だとは思えない。聞き取れなかったが、タイキがあれをやるように命じたのだろう。なんのために……？

彼はおもしろ半分であんなことをやる人ではない。もしあれが訓練の一環だったとしたら、事前に教えてくれているはず。

尋ねようと振り返ると、彼は柔らかい表情で私を見た。

「俺の髪はグレゴールと同じだったか？」

「えっ？　髪……」

そういえば彼の赤い髪に見惚れているとき、彼は優しい目で私を見ていた気がする。その赤い瞳が『大丈夫だ』と言ってくれている気がして、不安を感じなかった。

もしかして彼は私の落ち込んだ様子に気づいたから、わざとあんなことをしたのだろうか。

「タイキ様、もしかして――」

「ったく、グレゴールにも困ったもんだ、まだまだ訓練が必要だな。まあ偶然、俺の髪質が確かめられただろ？　それに免じて許してやってくれ。そろそろ戻るか。グレゴール、$#・”&」

「グルルゥ！」

タイキは私の言葉を遮って何も言わせなかった。しかし偶然の暴走のおかげで、あの過去についてもう気にならなくなっていた。

地上に近づくとグレゴールは静かに地面へ降りて、体を伏せて私たちが降りるのを待っている。

「ほら、手を伸ばせ。カナニーア王女」

そう言うなりタイキは私の腰を掴んで、ふわっと地面に降ろしてくれた。

「今日は本当にすまなかったな。しっかりグレゴールの様子を見ていなかった俺がすべて悪い。だから、コイツを責めないでくれ。ほら、こんなに反省しているしなっ」

「グゥウウ……」

タイキが鞍《くら》を外しながら言うと、グレゴールは大きな体を一生懸命に丸めて首を地面につけようとする。その仕草は謝っているようにしか見えない。

——反省？　違うわ、あれは全然反省なんかではない。すべてが演技。

タイキは私の気分を晴らすために、あれを仕組んだ。グレゴールは忠実にタイキの命令を守り、地上に降りてからは相棒であるタイキの意図を察して、一緒になって演技してくれている。本当に賢くて優しい子。

あの広場での名演技に私も怯えていたひとりなのだから、飛狼竜騎士と飛狼竜はお芝居が上手なのは十分すぎるほど知っている。

本当に飛狼竜と相棒である飛狼竜騎士はそっくりだ。どちらがどちらに似るのかはわからないけれど、タイキとグレゴールの優しさは同じくらい温かい。

「タイキ様、今日はありがとうございました。それにすごく楽しかったから気にしないでね、グレちゃん。また乗せてちょうだい」

彼らの優しい気持ちに甘えさせてもらうことにした。

グレゴールは許されたからもう演技は終わりとばかりに、ブルンブルンと尻尾を振り回しはじめた。タイキはよしよしとグレゴールの頭をなでている。たぶん、名演技を褒めているのだろう。

「カナニーア王女、これからもよろしくな。もう二度と怖い思いはさせないから、安心してくれ」

「はい、タイキ様」

——怖い思いなんてしていない。タイキとグレゴールの優しさに私は救われただけ。

私がわかっていることを彼もきっと気づいているだろう。けれども、お互いに何も言わなかった。

初訓練を無事終えると、私は周辺の巡回をするタイキとその場で別れて、宿へ戻った。

飛行によって乱れた髪を私が整えていると、厨房の手伝いを終えて部屋に戻ってきたドーラと鏡越しに目が合う。彼女は目元を下げ、にこにこしながら近づいてくる。

「カナニーア様、最近すごくよい顔をしてらっしゃいますね」

「飛狼竜のお世話をしたり、今日から飛行訓練にも参加したりと、充実した毎日を送っているおかげね、きっと」

母国では第一王女として頑張っていた。家族仲もよく、私付きの侍女たちもよくしてくれていたので不満はなかった。それでも可憐なサミリスと控えめな私を比べる悪意のない視線に息がつまることもあった。

ローゼン国では比べられない。

それだけですごく気が楽になっているので、それが顔に出ているのかもしれない。

「それもあるとは思いますが、たぶん、それだけではございません。まだ気づいていらっしゃらないようですが……」

ドーラは目を細めながら意味ありげな言い方をしてくる。

「なんのこと？　ドーラ」

「カナニーア様は恋をしていますよ。この国に来てから変わりました。以前の凛々しさに甘い柔らかさのようなものが加わって、とても幸せな顔をしております」

「……っ⁉」

予想していなかった言葉にしばし固まってしまう。誰に恋をしているか、ドーラは言葉にしなかったけれど、きっとそれもわかっている。

恋をしている自覚はなかった。一度もしたことがなかったからわからなかったのだ。

でも今彼女に指摘され、自分が胸に抱えているこの初めての気持ちは、恋なんだろうと素直に思える。

「……ごめんなさい」

恋を自覚した私の口から最初に出た言葉はそれだけだった。

「いったい何を謝っているのですか？　カナニーア様」

ドーラは驚き、それから眉を寄せ心配そうに私を見つめる。

私はモロデイ国を背負って、ここローゼン国に来ている。選ばれないとしても、王宮でローゼン国王と会ったときに不興を買うなど言語道断《ごんごどうだん》である。

恋を知った私はローゼン国王に元婚約者と同じこと――あなたではないという鋭い視線を向けること――をしてしまうだろうか。気持ちに抗えない自分の姿が頭に浮かんでしまう。賢王と名高い蒼王が気づかないはずがない。

……怖いわ。自分がどうなるかではなく、母国に不利益をもたらすのがたまらなく恐ろしい。

呼吸もままならないほど狼狽してしまう。落ち着いているという唯一の取り柄さえも私から消えていた。

「カナニーア様！　ゆっくりと息をして落ち着いてくださいませ、大丈夫ですから！」

ドーラは私の手に自分の手を重ねて、強く握りしめる。

「恋に落ちるのは悪いことではありません、とても自然なことです。人を好きになる気持ちは誰もが抱くものです。ただ、愚か者は恋に堕《お》ちます。あんな馬鹿《マカト》が近くにいたせいで、勘違いしてしまうのも仕方がありませんが、落ちると堕《お》ちるではまったく違います」

私が何を案じているか言葉にしなくとも、ドーラはちゃんとわかってくれていた。

「私は恋に堕《お》ちてしまわない……？」

初恋を自覚したばかりの私には、落ちると堕《お》ちるの違いがよくわからない。

ドーラは手を離さず私を見つめ続ける。

「カナニーア様は、ローゼン国王に望まれた場合はどうなさるおつもりですか？」

「もちろんお受けするわ。私はモロデイ国の第一王女ですもの」

政略結婚は王女として生まれた者の務めである。選ばれない自信はあるけれど、覚悟を持ってローゼン国には来ているのだ。

「婚姻後にローゼン国王を蔑《ないがし》ろにするおつもりはございますか？」

「そんなことはしないわ。縁あって結ばれたのだから、ちゃんと向き合ってお支えするわ」

ドーラは当たり前のことを聞いてくる。

マカトとの婚約だって政略だったけれど、向き合いたいと私は思っていた。……彼は違ったけれど。

「では、最後にもうひとつお尋ねします。胸に秘めた人と不貞をするおつもりは――」

「ないわ！　ローゼン国王に失礼ですもの」

……あっ、そういうことなのね。ドーラが言っていた意味がわかった。

恋に落ちた私は自分の想いに振り回され、マカトのように他人を平気で傷つけていることにすら気づけないかもと恐れた。

しかし、落ち着いて考えればそんなことはない。恋に落ちた誰もがそうなっていたら、貴族の政略結婚はすべて悲惨なものとなっているはずだ。お父様とお母様だって政略で結ばれたけれど、互いに慈しんでいる。

なんでこんな簡単なことに気づかなかったんだろう……

たぶん私は自分が思っていた以上に、元婚約者の態度に傷ついていたのだ。

「貴族は政略結婚が多いですから、その胸のうちに淡い恋をしまっている人も多いでしょう。ですが、それは思い出としてだけです。人を愛するという素晴らしい経験を人生の糧《かて》にしている人がほとんどです。恋に落ちると堕《お》ちるでは雲泥《うんでい》の差があります」

「……ドーラ、ありがとう」

「あの馬鹿は堕《お》ちましたが、馬鹿だからです！　カナニーア様なら堕《お》ちることはございません」

ほっとしたら涙が溢れ、ドーラがハンカチで優しく拭ってくれる。

馬鹿馬鹿と言いすぎな気もするけれど、これも情報漏洩元の影響だろう。お兄様も馬鹿って言っていたから……

「恋は人を優しくもするし、強くもしますし、時には周りを幸せにもします。とても素敵なものですから恐れないでください。恋を知ってより素敵な女性になったカナニーア様を見て、私は幸せな気持ちになっていますよ」

ドーラの言葉だからこそ、素直に聞くことができる。私に仕えているからではなく、恋をしている彼女がより優しく、より強く、そして輝いていることを知っているからだ。

ドーラが恋をしている相手は、私の兄だ。ふたりは互いに想い合っていて、王太子の婚約者になるのも時間の問題だった。

そんなときに子爵家に婿養子に入った彼女の叔父が、領民から不当に税を徴収しているのが発覚した。ハウゼン伯爵家は不正に関与していなかったが、それが理由でドーラは王太子の婚約者候補から外れてしまったのだ。

それから兄とドーラは、表向きは距離を置いている。けれど、ふたりの間で私の情報がしっかりと漏洩しているから、兄はドーラを諦めていない。もし諦めているならば会いはしないはずだ。

この恋はなんとしてでも叶えてあげたい。ドーラには内緒にしているけれど、お義姉《ねえ》様と呼ぶ練習だってしてしている。

「ドーラ、恋をして後悔したことはない？」

「ありません。苦しいこともありますが、それも含めて恋ですから」

そう告げるドーラは素敵な顔をしている。私もこんな顔をしているのだろうか。ふと鏡に目をやると、そこには素敵な恋をしている私が映っていた。蒼王の妃候補としてローゼン国に来た私の恋が実ることはないと決まっている。けれど、赤髪のあの人に出会って恋に落ちたことを、私は後悔していない。

◇　◇　◇

初飛行を終えたカナニーアが厩舎から去ると同時に、俺――タイキの前にゾルドが姿を現した。出てくるタイミングをどこからか陰で窺っていたのだろう。

「なんか、俺に言うことはないのか？　タイキ」

ゾルドは口をとがらせて不満げな様子だ。

「騎士団長への報告ありがとな」

「どういたしまして……じゃないからっ！　報告はしたよ、それは当たり前だから全然かまわない。でもあんな追い払われ方したら、俺って馬鹿だとカナニーア様に思われるだろうが！」

……絶対にそう思われているな。

面倒なので聞き流していると、今度はグレゴール相手にゾルドは愚痴り出した。だが、グレゴールはあくびをしながら後ろ足で耳を掻く。それはそうだ、飛狼竜だって聞きたくなんてない。

――ドンッ。

グレゴールもそう思ったんだろう。柵から頭を突き出しゾルドに頭突きをして転ばせていた。

土まみれになったゾルドに対して、俺は何事もなかったかのように話しかける。

「それで、騎士団長はどこまで把握しているんだ？」

「うーん、たぶん全部だね」

「つまりは父上もってことだな」

ゾルドは腕を組んで、うんうんとうなずきながら口を開く。

「そうなるよね、俺の父上が蒼王に報告をしないとは思えないから」

カナニーアが飛狼竜とどんなふうに関わっているか、発声の進捗具合などすべて詳細に伝えている。だから、俺が尋ねているのはそれ以外のこと。

つまり、俺がカナニーアと親しくしていると伝わっているということだ。俺を信じているから静観しているのだろう。まあ、予想通りだな……

「で、どうするの？　タイキ。カナニーア様って真面目だよね。ちゃんと自分の責任をわかって行動しているから、ここに来た役割を放棄しないんじゃないかな……」

ゾルドにしては茶化すことなく聞いてくる。ふざけてばかりいるが、ちゃんと使い分けているのだ。

「そうだろうな。それでかまわないと思っている」

ただ自分の感情だけで行動するのは無責任でしかない。だから俺は筋を通してから動くつもりだ。

真実の愛の前では何をしても許されるなんてことはない。そんな感情は愛ではなく、自分に酔っているだけだ。カナニーアの今の立場は形だけだとしても父上の妃候補で、その彼女に手を出すことは国王に歯向かうことを意味する。

王太子の謀反《むほん》を誰が望む？

――誰も望まない、もちろん俺もだ。

ゾルドは俺の答えに満足したようで、それ以上聞いてこない。赤い盾に育てられただけあって、ローゼン流が骨の髄まで染みこんでいるのだ。

「さすがはタイキ。愛してるぞ！」

――ゴンッ。

抱きついてこようとしたからまた沈めておいた。なんで、あの騎士団長の息子なのにこうなのか不思議で仕方がない。もしや、騎士団長も親友である父上の前ではこんな感じなのだろうか。

閑話　変わりゆくものと変わらないもの……

そのころ、遠く離れたモロデイ国の王宮では、第一王女の不在が残った者たちにさまざまな変化をもたらしていた。

「そろそろ時間だから行きなさい、サミリス。遅れたら母上に報告が行くんじゃないか？　可愛い妹が叱られるのは兄として見るに忍びないな」

「もうそんな時間なんですね……。でも、よい気分転換になりました。お兄様、マカト様、また明日も愚痴を聞いてくださいね」

「ああ、頑張っておいで。サミリス」

カナニーアが出立してからすぐにサミリスへの再教育が始まった。その内容は厳しいものでサミリスは休憩の合間に、私――ジェルザの執務室へ来て気分転換するのが日課になっている。甘い言葉をかけるのは温情ではなく、鞭だけでは投げ出してしまうかもしれないからだ。

あの子はうまく操る必要があるというのが父上の考えで、王太子である私も同じ意見だ。かわいそうだが、もう王女としては期待されていない。

賑やかなサミリスが去ると、私はまた執務に取りかかる。

「どうした、マカト。なんだか顔色が冴えないようだが。サミリスとのお茶では気分転換にならなかったか？」

妹が望んでいるわけでも、彼が参加したそうな目をしているわけでもないが、表向きは私が気を利かせてマカトを誘っている。もちろん、臣下である彼に王太子の誘いを断る選択肢などないのは承知の上だ。

「いいえ、そんなことはありません。ただ次回からは私は参加せずに仕事をしたほうが、ジェルザ様の負担が少なくなるかと思います。それに私がいても、サミリス様の話し相手にはなりませんので……」

私を気遣った言葉で断ってくるが、本心はそうではないとわかっている。

「そんなことはない。サミリスだって嫌がっていないのだから付き合ってやってくれ。あの子だって頑張っているんだ。それにカナニーアと一緒にお茶を飲んでいたときにもサミリスもいたじゃないか。そのときはお前だって楽しそうにしていただろ？」

私は微笑みながら事実だけを口にする。

以前、マカトはカナニーアの婚約者として私やサミリスも交えてよくお茶を飲んでいた。無邪気なサミリスの話にマカトは目を細めて耳を傾けていた、まさに恋に溺れていたのだ。

私やマカトの難しい話にもカナニーアは加わることができ話が弾んだが、サミリスはただ聞いているだけ。時折、無邪気なことを言ってその場を和ませてはいたが。

砂糖まみれの甘い菓子はたまにだからこそいいのだ。そんなのが続いたら胸焼けを起こしてしまう。

「……はい、承知しました。ジェルザ様」

マカトはカナニーアが去ってから恋に溺れて気づけなかった現実が見えてきた。あれほど目で追っていた愛しいサミリスを、今のマカトは見ようともしない。

第二王女の輝きは、陰の支え——第一王女の存在——があってこそだった。

別にサミリスが何もできない王女なわけではなく、あの子なりに一生懸命にやってきた。ただ第一王女があまりにも優秀だったので、結果として第二王女の負担が少なくなっていたのだ。

今までサミリスは与えられた仕事量を一生懸命にこなすだけでよかった。そこに可憐な容姿が加われば、もう完璧だったのだ。

しかし、今は第一王女が不在だ。サミリスは同じ王女として、第一王女の穴も埋めなければならない。再教育中だからと言い訳なんて許されない。再教育と王女としての公務で追いつめられているサミリスは私のところに愚痴をこぼしに来て、気分転換をしているのだ。自分に余裕がないから、私やマカトへの気遣いはない。だからこそ、再教育を受けることになっているのだが、残念ながら成果はまだ現れていない。

サミリスにとって必要な時間は、兄からすれば愚かな妹を見張る時間で、マカトにとっては苦痛な時間なのだ。

マカトは自分の隣にいてほしいのはカナニーアだったと、失ったものの価値にようやく気がついた。

モロデイ国の王宮では、カナニーアがローゼン国王の妃に選ばれるとは思っていない。侮辱的な意味ではなく、選定がいかに厳しいものか先に戻ってきた従者たちから聞いたからだ。

そのため両親はカナニーアの幸せを願って新たな婚約者を捜しはじめていて、ゼリウヌ侯爵家からは再婚約の申し出もあったという。

父によると、それはマカトたっての願いだそうだが、彼は再婚約の申し出を私には話してこない。

まあ、話せやしないだろう。あんなにカナニーアを傷つけておいて、どの面下げて言えるというのだ。

私はマカトが側近として優秀な限りクビにするつもりはない。私の側近として、彼が手にするはずだった幸せ——カナニーア——をほかの男が掻っ攫っていくのを、すぐ近くで指をくわえて見ていればいいのだ。

執務室の片隅に置いてある砂糖菓子の山に目をやる。日持ちしないものだが、いつ帰ってきてもいいように用意しているのだ。

だが、無駄になりそうな気がしていた。それは根拠などない予感。いつもならそんな勘など当てにならないと鼻で笑っている。

しかし、遥か遠いローゼン国にいる愛しい妹に思いを馳せると、なぜか幸せそうに笑っているあの子しか思い浮かばないのだ。そう、あの子は幼いころからどんなときでも、最後には顔を上げて私に笑顔を見せてくれた。

カナニーア、お前は今笑っているだろうか……

四章　初恋のしまいかた

次の町へ出発し馬車に揺られて数刻経つ。私――カナニーアは母国とは違う景色を飽きることなく楽しんでいる。慣れない異国での生活に疲れが溜まっているのだろう、隣ではドーラがうつらうつらし始めていた。起こさないようにドーラの肩にそっと膝かけをかける。

この馬車には私たちしか乗っていない。七人いた妃候補も旅の途中で三人になってしまったので、もう相乗りする必要がなくなったのだ。

残った三人とは私とサリー王女と、もうひとりはミンサー国のルイカ王女だ。小柄で儚げな彼女は黄金の髪と紫水晶の瞳を持っていて、ミンサーの宝石と呼ばれるほどの美少女である。しかし、とても物静かで挨拶以外に口を開いたことはない。その代わりに（？）サリー王女がふたりぶんしゃべっているのだが……

「グゴオォォオッーーー！」

空気を震わせるような飛狼竜の咆哮《ほうこう》によって馬が一斉にいななき、馬車はガタンッと激しく揺れて停まった。聞こえてくる声の様子で襲撃ではないようだが、いったいどうしたのだろうか。馬車の窓から外を見れば、地上へ降りてくるフロルの足が地面に着くと同時に、ゾルドがその背から飛び降りるのが見えた。

彼らは先行して次の町の様子を確認し、町で私たちが着くのを待っているはずだ。何か緊急を要することがあったから引き返してきたのだろう。

ゾルドの周りにローゼン国の者たちが続々と集まっていく。私とドーラも馬車を降りて近づくと、サリー王女とルイカ王女の姿がその輪の外にあった。気になって外に出てきたものの、フロルが怖くて近づけないようだった。フロルはまだ興奮しているようだから、あの子のためにも馴れない者は近づかないほうがいいだろう。

フロルに恐怖心を抱くふたりの王女にお願いされて輪の中に入ると、ゾルドが騎士団長に向かって報告している最中だった。

「周辺の町も回ってみましたが、この先の町だけで流行《はや》っているようです。免疫がない者がほとんどだったため、今現在、住人の半数以上がかかっています。薬草と清潔な布、それと人手が足りない状況でした」

「世話をする者がいなくなるのも時間の問題だな……」

騎士団長はつぶやくやいなや、周囲にいる者たちに指示を飛ばし始める。

「予定を変更する。妃候補の警護は必要最低限の人数で行え。警護についていない飛狼竜騎士は飛狼竜を使って、近隣の町から必要なものを調達しろ。残りは町の者たちに手を貸せ。行け！」

「「了解しました！」」

騎士団長の号令とともにみな一斉に動き出す。この場に残ったのは、騎士団長とゾルドとタイキと数人の者だけだった。緊迫した空気が漂うなか、誰もが険しい顔つきをしている。

……大変なことが起こったのだわ。詳細がわからない状況で不安は増すばかりだ。でも、ここで私がうろたえたら足手まといになるだけだから、表情に出さないように努める。

「大丈夫だ」

いつの間に私の後ろに来ていたのか、タイキは耳元でそれだけ告げると、すぐさま騎士団長の隣へ戻っていく。

振り返ったとき、彼と一瞬だけ目が合った。それはグレゴールが急下降したときを思い出させ、根拠などないけれど大丈夫だと思わせてくれる、そんな目。

……うん、きっと大丈夫だわ。

状況は何ひとつ変わっていないのに、タイキのおかげで不安が和らいでいく。これは恋の魔法なのかもしれない。

興奮しているフロルを連れてゾルドがこの場から離れていくと、サリー王女たちはこちらへ急ぎ足でやってくる。雰囲気から只事《ただごと》でないと察して、いても立ってもいられなかったのだろう。

「いったい何があったのです⁉　流行《はや》っているとか不穏な言葉が聞こえてきましたけど、ここにいて危険はないのですか？　それに私たちを放ってみなどこに行くのです！　どうして私たちを先に避難させないのですか！　何かあったら責任は取ってくれるのですか！」

尋ねているというよりは、ただ不安をぶつけるサリー王女。それに対して騎士団長は答えることなく、眉根を寄せた真剣な顔で冷静に尋ねる。

「まずは私からの質問に先に答えていただきたい。みなさまはゴーヤン熱病にかかったことはございますか？」

するとあんなに騒いでいたサリー王女がピタリと静かになった。その表情から狼狽の色は消え失せ、今は余裕すら浮かんでいる。

「流行《はや》っている病とはゴーヤン熱病なんですね。当然、私も、ここにいる私の従者たちも幼いころに済ませております。騎士団長様、いたずらに恐怖心を煽《あお》るなんて失礼ですわよ。ローゼン国王に抗議させていただきますからそのつもりでっ！」

いつもの調子で文句を言うサリー王女に構うことなく、騎士団長は私とルイカ王女の返事を待っている。

「私も、従者も昔かかっております」

蚊の鳴くような声で答えたのはルイカ王女だ。初めて挨拶以外の言葉を発したが、その声に動揺は感じられない。

「私もドーラも幼いころにかかっておりますので大丈夫です、騎士団長様」

騎士団長は険しい表情を崩すことなく頷《うなず》いた。

ゴーヤン熱病とは、赤い斑点と高熱の症状が出る病《やまい》だ。数十年前に治療法が見つかってからは亡くなる人はほとんどおらず、一度かかると二度かかることはないので大人の大半は罹患《りかん》済みで、今は子供のみがかかる病となっている。ゴーヤン王国をはじめ、モロデイ国もミンサー国も民のほとんどが免疫を持っているのでもう怖い病ではない。

だが、それは数ヶ国を除いての話。ローゼン国にこの病が入ってきたのは数年前なので、多くの人はまだ免疫を持っていない。治療法はあれど一気に大勢の人がかかった場合は、薬や看護の手が足りずに亡くなってしまうことがある。ローゼン国にとっては油断ができない病なのだ。

「次の町でゴーヤン熱病が流行《はや》っていますが、みなさまに免疫があると確認できたので予定通りに今から向かいます。しかし、そこでしばらく留まることになります。みなさまには今以上にご不便をおかけしますが、どうかご理解願います」

「通り過ぎればよいではないですか。あなたたちの仕事は、後宮の華候補である私たちをローゼン国王のもとへ連れていくことですわよね？　騎士団長様、任務を放棄してよろしいのですかっ」

サリー王女は騎士団長の説明に食ってかかる。彼女はローゼン国の状況をわかっていないのか、それともわかったうえでの発言なのか。どちらにしても最悪なのは変わりなく、彼女は自分のことしか考えていない。

口を開こうとした騎士団長より先にタイキが動く。

「ギャーギャーさっきからうるせえぞ。任務の放棄だと？　ローゼン国ではな、民の命よりも優先する任務なんてねぇんだよ。俺たちが手を貸せば助かる命がそこにあるのなら、見捨てる選択肢はない。……ゴーヤン王国サリー王女、それがご理解できないのでしたら、どうかお引き取り願います」

タイキのぞんざいな口調が、途中からガラリと変化する。その声音《こわね》はたしかに彼のものなのに、その丁寧な口調と滲み出る迫力に周囲は圧倒される。

気軽に手を伸ばしてはいけないような覇気を一瞬でまとうタイキは、私の知っている彼とは違う。

どちらが本当の彼なのだろうか。こういうときは目を見ればいい。口調や態度は変えることができても、目だけは嘘をつけないから。

射るような視線をサリー王女に向けるタイキの鮮やかな赤い瞳は、まっすぐなままで何も変わっていない。私が知っているタイキだった。ということは、どちらの彼も偽ってなどいない。

「恋する乙女の直感を侮《あなど》るなかれ……」

「カナニーア様、何かおっしゃいましたか？」

「な、なんでもないわ、ドーラ」

心の中でつぶやいたつもりだったのに、独り言になっていたようだ。でも聞き取れなかったみたいなのでよかった。自分で言っておいてなんだが、少し恥ずかしい台詞《せりふ》だったと頬が赤くなる。

タイキの雰囲気に圧倒されたサリー王女はあとずさり、己の従者の背にその身を隠す。

「な、なんですの！　たかが地獄の極悪番犬の相棒のくせして。それに私は行き遅れて、もうあとがないのよ。絶対に辞退などしませんから！」

動揺した彼女は自身を貶める発言までしているが、たぶん自分では気づいていない。彼女の従者たちは、主君から目を逸らし聞こえなかったふりをしている。

……なんだろう、言動は最悪なのにその必死さが度を超しているから彼女を憎めない。弱いのか、強いのかよくわからない人だけれど、空気が読めないのだけはたしかだ。

理はローゼン国にあるので、時間をかけて説得すれば最後に折れるのはゴーヤン王国のほうだ。

しかし、今は悠長に話し合って妥協点を探る時間はない。かといって、招いた他国の王女に対して力ずくの対応はできないだろう。

ルイカ王女は静観しているので、サリー王女と同意見ではないだろう。つまり問題はサリー王女だけ。

隣にいるドーラに目配せすると、彼女は何も聞かずに静かに後ろに下がっていく。私の言動をそばで見てきたから信用してくれているのだ。

モロデイ国の控えめな王女だけれども、期待を裏切ることはしない。

私は一歩前に出て、サリー王女に向かって話しかける。

「たしかゴーヤン熱病は百年ほど前にゴーヤン王国で流行《はや》ったのが始まりでしたね」

「まあ、この事態は私の国のせいだと言うつもりなのかしらっ！　カナニーア様」

サリー王女は声高に叫びながら、盾にしていた従者の背から出てくる。予想通りの反応というか、本当に単純……ではなく、とても素直な人で助かる。

「いいえ、違います。病は誰のせいでもありませんから。ただ以前読んだ歴史書を思い出したのです。この熱病で壊滅的な被害が出たゴーヤン王国は、それを糧《かて》に治療法を見つけ出し――」

「ええ、そうよ。私の国が治療法を見つけたからこそ、ローゼン国だってその恩恵を今、受けられるのだわ！」

よくぞ言ってくれたとばかりにサリー王女は喜色満面《きしょくまんめん》になる。

「その歴史書にはこうも記されていました。百年前、熱病のせいで国の存続を危ぶまれたゴーヤン王国に無償の援助を申し出た国があり、そのおかげでゴーヤン王国は再建できたと。たしか、その国とはローゼン国でしたよね？　サリー様」

「……っ……！」

治療法はゴーヤン王国が発見して広めたのは事実だ。しかし、百年前にローゼン国の援助がなかったら、そもそもゴーヤンという国は消えていた。今こうしてサリー王女が元気に文句を言えるのも、ローゼン国のおかげなのだ。

「サリー様、困ったときはお互い様ですわ。ね？」

微笑みながらそれだけを言う。目的は穏便かつ最短でこの話を終わらせることで、彼女を追いつめることではない。

「……そ、そうね、私もそう言おうと思っていたところなのよ。おっほほ、カナニーア様、気が合いますね。騎士団長様、こんなところでもたもたせずに町に行きますわよ！　不便だって多少は我慢いたしますわ」

サリー王女は早口でそう告げると、自分が乗っていた馬車へ踵《きびす》を返す。静観していたルイカ王女も自分の馬車へ歩いていったので、今回の件を了承したということだろう。

「カナニーア様、今回はありがとうございました」

騎士団長は私に向かって深々と頭を下げてくる。

「頭をお上げください、騎士団長様。私は説得したわけでもなく、ただ歴史的事実を話しただけですから。それに出すぎた真似をしました」

モロデイ国にその蔵書があって私が読んでいたことは幸いだった。けれども、これは誰にでもできることで、当事国であるローゼン国は当然知っていたことだ。サリー王女はそれをうっかり忘れていたようだが……。

「あの場でそれを我々が口にしたら、大昔のことを盾に脅すのかとさらに拗《こじ》れていたでしょう。第三者の立場の方が言ってくださることに意味があったのです」

「そうだな。俺や騎士団長が言ったら、昔のことを恩着せがましく言うなんてローゼン国は器《うつわ》が小さいとか、絶対にあの王女なら言っていたな。カナニーア王女、本当に助かった」

騎士団長とタイキがそう言うと、残っていたローゼン国の者も口々にお礼を告げてくる。うれしいけれど、本当に大したことはしていないので恐縮してしまう。

忙しいところを邪魔してはいけないので、ドーラと一緒にその場から離れようとすると、ゾルドが戻ってきた。

「騎士団長。飛狼竜は速いですけど、多くの荷を運ぶことには不向きです。新たに馬車を調達しましょう」

「わかった、そうしてくれ、ゾルド」

騎士団長が了承するやいなや、ゾルドは走り出そうとする。

「待ってください、ここにある馬車を使ってください。私たちはまた相乗りをしますから」

後宮の華候補たちで今馬車を三台使っていた。それを一台にすれば、二台は今すぐ物資を調達するために使えるから時間の節約になる。サリー王女は文句を言うかもしれないけれど、先ほどのことがあるから反対はしないだろう。

「それは助かります、カナニーア様。では遠慮なくそうさせていただきます」

騎士団長はそれが最善だとわかっているから、申し出を固辞はしなかった。しかし、ゾルドが難しい顔をしている。

「ですが、一台の馬車にあの人数は乗れません。九人が限界かと……」

モロデイ国はふたりで、ゴーヤン王国は四人で、ミンサー国も四人だから全部で十人。ひとりだけ乗れない計算だ。

「それなら、カナニーア王女は俺と一緒にグレゴールに乗ればいい」

タイキの言葉を聞いて、その場にいる者たちの視線が私に注がれる。

騎士団長もグレゴールと私の訓練の状況を把握しているから、反対はしない。信頼されているという感じで、なんだかうれしくなる。

「許可をいただけたら、喜んでグレゴールに乗らせてもらいます。タイキ様、よろしくお願いします！」

騎士団長の返事を待たずに、タイキのほうを向いて言葉を告げる。善は急げだ。

「カナニーア様、重ね重ねありがとうございます」

「おう！　いつもよりも速く翔《と》ぶが安全は保証する、カナニーア王女」

騎士団長の許可が出たので、私は飛狼竜に乗って町へ向かうことになった。

物資の調達に向かった飛狼竜は半数近くで、残りは馬車を警護しながら町へ向かうものと、先に町へ向かうもので二手に分かれる。

タイキは先行するほうに加わっていたので、私も先へ行くことになった。

先行する飛狼竜たちが一斉に飛び立つなか、先頭を任されたのはグレゴールであった。

飛狼竜は前を翔《と》んでいる仲間につられて速く翔《と》ぶ習性があり、急いで目的地に着きたい場合は、一番力を有しているものを先頭にする。飛狼竜騎士ではない私の存在がどんな影響を及ぼすか懸念されたが、飛狼竜たちは隊列を崩すことはなかった。日ごろの触れ合いの賜物《たまもの》かもしれない。

「今日は訓練じゃないから飛ばすぞ、カナニーア王女。そして先に謝っておく、すまん」

「……平気です？　タイキ様」

何を謝っているのかわからなかったけれど、とにかく急いだほうがいいから返事をした。

「グレゴール、&&”！※”＝//゛ーーー・」

タイキの命令に、グレゴールの羽の動きが速くなり、風を裂く羽音が空に響き渡る。振り返ると、グレゴールに合わせるかのようにほかの飛狼竜たちの動きも速くなっていた。グレゴールが先頭に選ばれた理由を痛感する。

風の音がまるで咆哮《ほうこう》のように耳の横で唸り、穏やかな川のように流れていた景色が一瞬で激流と化す。

「う、う……、うぎゃーー！」

タイキが先に謝った意味を身をもって知る。私の体をタイキがたくましい腕で受け止めてくれているから不安はない。でも、訓練のときとは違う速さに叫ばずにはいられなかった。グレゴールが首を後ろに向け、ちらっと私を見る。私のことを心配してくれているのだろう。

「カナニーア王女、平気か？」

「……ぜ、全然平気です。タイキ様」

……大丈夫ではない。私は精いっぱい強がってみせたけれど限界だった。強張った体からだんだんと力が抜けていき、ゆっくりと意識が薄れていく。

「着いたら起こすから安心しろ」

タイキの言葉になんとかうなずいてから、私は自分の意志とは関係なく意識を手放したのだった。


再び意識を取り戻したのは、目的の町に飛狼竜たちが降り立ったときであった。

ゾルドの報告通り、町は熱病で苦しんでいる人たちで溢れかえって騒然としており、動ける者は老若男女問わずみんな必死に病人を助けていた。

「できることは少ないとは思いますけれど、手伝わせてください。今は人手がいくらあってもいいはずです」

私は合流したドーラと一緒に手伝いを申し出る。モロデイの王女だろうが、ローゼン国の後宮の華候補だろうが、そんなことは関係ない。今、優先するべきは命だ。何もしないでただ待っているなんてありえない。

「ですが、きれいな仕事ではありませんので」

「かまいません！　私たちでもできることならなんでもします」

一歩も引かない私たちを前に、真剣な顔をして騎士団長はうなずいてくれた。続いて、困ったときはお互い様というようにルイカ王女とその従者たちも手伝いを申し出る。

サリー王女はというと、腕を組みながらその様子を黙って見ていた。やはり手伝う気はないようだが、文句を言うのを止めただけましである。

そう思っていると、サリー王女が不意に騎士団長の前に立った。

「……手伝いますわっ、感謝してくださいませ！」

きっと自分だけ取り残される形となっていたたまれなくなったのだろう。理由はどうあれ人手が増えることはよいことだ。

こうして、一致団結して疫病に立ち向かうことになった。

それぞれ役割を与えられ、私は物を壊す心配がない雑用全般を手伝うことになる。町の人たちに混じって早速始めるが、彼らが私にどう接するべきか戸惑っているのをひしひしと感じる。それはそうだろう、他国の王女が不器用極まりない手つきで洗濯物を隣で洗っているのだから。

「あの……、王女様。そんなに擦ったら汚れも落ちますが、布に穴も開きますかと……」

「ご忠告ありがとうございます。あっ、もう開いてしまいました。……ごめんなさい」

汚れを落とすことに夢中でゴシゴシと力任せに洗濯をしていたら、年配の女性がおずおずと声をかけてくる。しかしその忠告は少し遅かったようで、布の真ん中にできた穴を見つめながら私は肩を落とした。

「洗濯で穴を開ける人なんて初めて見ました。王女様でもできないことあるんですね」

年配の女性は大きく口を開けて豪快に笑ったあと、しまったという顔をして青褪《あおざ》める。咎《とが》められると思ったのだろう。

「内緒ですが、実はそうなんですよ。よかったら洗濯のコツを教えてください」

私がふふっと笑うと、彼女も安堵の息をついてから今度は遠慮がちに笑った。

これをきっかけに周囲の人たちが私に話しかけてくれるようになる。同じ目的に向かって頑張っていれば、おのずと仲間意識が生まれてくるものだ。

それから本当に慌ただしい毎日だったけれど、みんなで力を合わせた結果、亡くなった人はひとりもいなかった。薬も十分過ぎるほど行き渡り、そのうえ最初のころに罹患《りかん》した者はみな回復傾向にあるので、もう山場は越えつつある。

私たちが滞在している宿は世話をする家族がいない人たちの療養場所となっていたが、最初のころと比べたら格段に雰囲気も明るくなっている。

朝から回収した洗濯物を持って廊下を歩いていると、サリー王女の甲高い声がどこからか聞こえてくる。また誰かに文句を言っているようだ。高飛車な態度はあいかわらずだけれども、任された仕事はちゃんとこなしているから、やはり素直な人なんだと思う。

意外と言えばルイカ王女のほうで、なんと彼女は今は薪《まき》運びの担当なのだ。最初に大量の薪《まき》をその細い腕で担ぎ軽々とした足取りで通り過ぎていく姿を目にしたときは衝撃だった。人は見かけによらないというけれど、まさにルイカ王女はそれだった。

聞けば、いろいろ試したが、この作業が一番向いていたということだった。なんだか私みたいで親近感がわいた……

まあ、何はともあれ、順調なのはよいことである。

私は手伝いを終えるとすぐに飛狼竜がいる厩舎に向かう。この町に着いてからも私はお世話係と訓練は続けている。忙しいからといって生き物の世話を放り出すのは無責任だし、訓練も引き受けたからには途中で投げ出したくなかった。

私が厩舎に着くと、タイキとゾルドの姿がすでにあった。

いつもならタイキだけなのだが、グレゴールの訓練が順調なので、おとなしいフロルの訓練も今日から始めるのだ。さらにこの訓練を始めるにあたって、タイキの強い希望で相棒でない騎士と第三者の組み合わせを試すことになった。

『器《うつわ》が小さいぞ、タイキ』

『……これは訓練だ、ゾルド』

『ったく、貸しだからなっ！』

昨日の話し合いはこんな会話で締めくくられたのだが、私にはちょっと意味がわからなかった。

とにかくゾルドは今、見守りのためにここに来ている。

二頭に鞍《くら》を付け終わると、サリー王女が意気揚々と乗り込んできた。

「私もお手伝いしてあげますわ！」

タイキたちはあからさまに迷惑そうな顔をしている。たしかに、休憩の合間に何気なく訓練の話をした覚えはあるけれど誘ってはいない。それに、すごく態度が偉そうなのもどうかと思う。

訓練といえども危険は伴うのだとタイキたちが説明し断っても、飛狼竜をあんなに毛嫌いしていたサリー王女は諦めない。最後にはモロデイの王女はよくてゴーヤンの王女は駄目なのかと言い出す始末だ。

結局、なかば政治的に脅しをかける形でサリー王女はゾルドと一緒にフロルに同乗することに決まった。

「……誰か、助けてくれ」

魂が抜けたような顔をしているゾルドに救いの手を差し出す者はいなかった。

こうして私とタイキ、ゾルドとサリー王女の組み合わせで空を翔《と》んだのだった。

地上に降りてきたときにはフロルとゾルドは憔悴しきっており、サリー王女はというと白目を剥《む》いて気を失っていた。とりあえず、無事に戻ってきたので訓練は成功らしいけど……

これに懲りて二度と来ないと思っていたが、なぜか次の日も彼女は訓練に来てしまった。

本当に何を考えているのかわからない人だけど、彼女なりに歩み寄ろうとしているのかもしれない。そう思うと、ゾルドとフロルには悪いけれど、サリー王女を少しだけ応援したくなる自分がいた。……でも、絶対に一緒には乗りたくないな。


そして、町に到着してから六日目の午後。

「あー、もう手が薬草臭くなってしまったわ。洗っても落ちないなんて。これが落ち着いたらローゼン国王にお会いするというのに、どうすればいいの！」

お茶を飲みながら私の前で文句を言っているのはサリー王女で、その隣にはルイカ王女が座っている。友人ではないけれどこういう状況下で協力し合ったからか、休憩時間には気軽に話すようになっていた。

「手を出さなければいいのでは……」

つぶやくように小声で答えたのはルイカ王女。彼女はいつでも言葉少なで声も小さいけれど、話すことが嫌いなわけでないみたいで、この時間を避けたりはしない。

「ルイカ様にしてはよいことを言うわね。でもローゼン国王は私の白魚《しらうお》のような手を触りたがるかもしれないわ。そのときはどうすればいいかしら？」

「……」

この中で一番年下だけれど中身は大人なルイカ王女は、さらりと聞き流す。

「ああもう、後宮の華になることを諦めているルイカ様に聞いても無駄だったわね。で、どの飛狼竜騎士を狙っているの？　やっぱりあの失礼な赤髪かしら？　あっちもなんだか距離が近いものね。ライバルは少ないほうがいいから応援させてもらうわよ」

「……ありえない」

ぼそっとつぶやくルイカ王女の頬は少しだけ赤くなっている。

彼女は私たちと親しくなってから、年の離れたローゼン国王の妃になりたくないと教えてくれた。だからといって飛狼竜騎士狙いかどうかはわからないけれど、選ばれなかったあとなら身分的に不可能ではない。

「照れちゃって、可愛いわね〜。カナニーア様もそう思うわよね？」

「えっ、ええ。そうね、ルイカ様はとても可愛らしいわ」

突然話を振られて慌ててしまう。

『あっちもなんだか距離が近いものね』という発言が頭から離れない。実は私も最近それを感じていて気のせいだと思うようにしていた。けれど、サリー王女も感じているならそうではないのだろう。

飛狼竜騎士たちは言葉遣いは荒い者が多いが、王女である私たちに対してわきまえて接してくれる。気さくだけれども、すれ違ったり何かを渡したりする場合、触れないように物理的な距離はしっかりと取っているのだ。

けれども、ルイカ王女には少しばかりその距離が近い。

特にタイキは彼女と接点があった。

私のことを姉のように慕ってくれるルイカ王女は最近私のそばにいることが多い。だから、用もないのに彼女の近くに現れる彼に気づいてしまった。私と話しているルイカ王女に熱い視線を向けている彼の姿が、嫌でも私の視界に入るのだ。

そのたびにモヤモヤして、気持ちが悪いわけでもないのにいつも胸が苦しくなった。私のほうを見てほしいと、何度心の中でつぶやいたことだろうか。彼から目を逸らしても何も変わらないのに、見ないようにすることが多くなっていた。

「誰にも嫁ぐつもりはありません……」

ルイカ王女はなぜか私を見ながら、否定の言葉を口にする。その頬からはもう赤みは消えていた。

「ルイカ様がローゼン国王の妃の座を望んでないのはわかっているけれど、王女だから未婚のままというわけにはいかないでしょ？　本当に王女ってつらいわよね。結婚さえも義務なのだから」

深いため息をつきながらサリー王女は本音を漏らす。

ルイカ王女が婚姻を望めば、飛狼竜騎士たちは喜んで受けるかもしれない。だって、彼らにとって彼女は明らかに特別だから。……それは鮮やかな赤をまとった私の初恋の人も同じだ。

——ズキンッ……

そう思うとまた胸が痛む。私は飛狼竜を通してタイキと親しくなって、もしかして私は少しだけ彼の特別になれているのではないかと勘違いしていた。飛狼竜の訓練に選んでくれたことも、よく話してくれることも自分に都合よく解釈して、浮かれていたのが恥ずかしい。

私って馬鹿ね……

あまりにもローゼン国の居心地がよくて忘れてしまっていたようだ——母国では婚約者にさえ距離を置かれていたという現実を。

ルイカ王女は確実に選ばれる側で、私はそうじゃないほうだった。

「……ねえ、ねえったら！　聞いているのかしら？　カナニーア様」

「あっ、ごめんなさい。ぼうっとして聞いていなかったわ」

呆れたような顔でサリー王女は私を見ていた。どうやらずっと話しかけられていたみたいだ。

ルイカ王女も首を少しだけ傾けて、私の顔を下から覗き込んでいる。その可愛らしい子猫のような仕草が彼女にはとても似合っていた。

「仕方がないわね、私は優しいからもう一度言ってあげるわ。どちらが妃に選ばれても恨みっこなしよ。まあ、私が選ばれるのは決まったも同然だけど。とにかく控えめなカナニーア様がライバルでほっとしているわ。だって、安心していられるもの。おっほほー」

「……よかったですね」

私らしくない感情のこもらない声が出る。いつもなら遠回しに反論していたけれど、今はそんな気になれない。

「えっ、どうしたのよ？　カナニーア様らしくないわ。控えめなくせにいつも前向きで堂々として、地獄の極悪番犬まで手懐《てなず》けているところが売りじゃないの。本当のことを言われたからって、そんなに落ち込まないでちょうだい。私が悪者になっちゃうじゃない！」

「……立派な悪者だね」

ルイカ王女がぼそっとつぶやく。そして代わりに仕返ししたからねと目配せしてから、ふわっと天使の微笑みを私に向けてくる。

——いつもそんなに話さないのに、ここぞというときはちゃんと言葉にする子。

私より五つ年下の十三歳である彼女は、大人びているところもある。今も私のために言葉を紡いでくれた。口数は少ないけれど本当に素敵な子で、……敵わないなと思う。

ルイカ王女のことが私も好きだからこそ、タイキが彼女に好意を持つのがよく理解できた。もしサリー王女が相手なら納得できなかったけれど……

しばらくサリー王女は「悪者じゃないわ！」と騒いでいたけれど、そのおかげでいつもの雰囲気のまま終わることができそうだ。いつだってぶれない人がいると、こういうときは本当に助かる。

「カナニーア様。何があったのですか？」

夜になり部屋にふたりだけになると、ドーラが尋ねてきた。あれから何事もなかったかのように振る舞っていたのに、彼女は気づいていたらしい。

誤魔化そうかと思ったけれど、聞くまではてこでも動きません！　という雰囲気が漂っていたので無駄な抵抗はしないことにした。

私は慰めてくれることをどこかで期待しながら、今日あったことも含めてすべてを打ち明ける。胸のうちに抱えているモヤモヤを誰かに聞いてもらいたかったのだ。

ドーラは話を聞き終わっても何も言わずにしばらく考えていた。どうしたのかなと思っていると、彼女が口を開く。

「私もルイカ王女への接し方にかすかな違和感を抱いておりました。タイキ様が特別にそうかは私には判断がつきませんが……。カナニーア様ほどあの方を意識しておりませんので」

「サリー様から見てもルイカ様への彼の態度は特別みたいだから、たぶん間違いないわ」

私が誰に恋をしているかは暗黙の了解だったから、今日はお互いにその名を普通に出していた。変に名を隠すほうがややこしくなる。

「……そうですか。ただ、憶測の部分が多いかと思います。カナニーア様は焼きもちを焼いているから、そう見えてしまっている部分もあるのではないでしょうか？」

「私が焼きもち……？」

……そうか、これがそうなのね。

それは物語でしか知らない感情だった。元婚約者が妹を好きだと知ってつらいと思っても、恋愛感情がなかったから焼きもちを焼くことはなかったから。

「そうです。恋をしているからこそ、見えなくなることがあると思います。逆にこんなのは嫌だなと思うあまりに、それが本当のように思えてしまうことも」

そう言われたらそうだ。私はモヤモヤした気持ちのまま勝手に断片的な情報をつなぎ合わせて、その結果にまた勝手にひとりで落ち込んでいた。焼きもちは幾重にも絡みついた紐のように厄介なものらしい。

「ドーラも焼きもちを焼いたことはあるの？」

誰にとは聞かないでおく。……兄とのことは私は知らないことになっているから。

「もちろん、あります。恋と焼きもちは切り離せないものですから。焼きもちを焼いて、人生の終わりかと落ち込んで、些細なことで誤解が解けて、また前を向く。恋とはそんなことの繰り返しですよ。ただ立ち止まっていてはもったいないです。カナニーア様、せっかくの恋ですから」

「そうね、大切な恋を無駄使いなんてもったいないわね……」

想いを告げろとドーラは言っているのではない。立ち止まって重い気持ちに囚われるよりは、自分なりに前に進んだほうがよいと伝えているのだ。

恋を知ってうれしかった。焼きもちを焼いて苦しかった。

では、私はこれからどうしたいのだろうか。

どうせ叶わない恋だからと中途半端に投げ出すのではなく、タイキの気持ちを直接聞いて、ちゃんと心の中で失恋してから終わらせたい。あのときの私は前向きな恋をしていた、と笑って思い返せるような素敵な過去にしたい。

赤髪の飛狼竜騎士に恋したことを、後悔だけはしたくはない。

「ドーラ、ありがとう。明日の夜は砂糖菓子を用意してくれる？」

「はい、カナニーア様」

……きっと、必要になる。彼の想いが誰にあるか聞いたあと、砂糖菓子を食べながら終わらせるのも悪くはない。そして、そっと胸の奥に大切にしまっておこう。

「たくさんお願いね」

「わかっておりますよ。とびきり甘い物を用意しますね。明日は私も一緒にいただいてもいいですか？」

「もちろんよ。ありがとう、ドーラ」

きっと驚くくらい山のようなお菓子を用意してくれているに違いない。一緒にまた泣いてくれるのだろうか。今度はすぐ隣で……ひとりで泣くのはつらいけれど、誰かがいてくれたらきっと大丈夫。

「私……素敵な恋をしたわ」

だから、大好きな人の恋を応援してあげたい。そう思えている私はもう苦しいだけではなかった。

翌朝、鏡に映った私はよい顔をしていた。そこには諦めも嘆きもなく、素敵な恋を胸に秘めた自分がいるだけ。

身支度を済ませてから下に降りていくと、そこには見慣れない顔がたくさんあった。近いうちに応援部隊が来ると騎士団長から聞いていたから、彼らがそうなのだろう。

「……おはようございます、カナニーア様」

「ルイカ様、おはようございます」

ルイカ王女もちょうど降りてきたところのようだ。見知らぬ人たちに圧倒されてしまっているのだろうか、いつもより私のほうに体を寄せてくる。チラチラと可憐な彼女を盗み見るような視線を感じるから、それも嫌なのかもしれない。

「まったく、朝から人が多くてむさ苦しいわ。華が来たから少しはましになったけれど、ね？」

「サリー様、おはようございます」

「……華？」

私は苦笑いしながら聞き流したけれど、ルイカ王女は素直に反応している。

「目の前にいるでしょ？　華とは私のことに決まってますわ、ルイカ様。まあ、お子様には大人の魅力がわからないのも無理はないわね」

サリー王女は高笑いしながら、周囲にアピールするようにその場でくるりと回ってみせる。今日も朝から絶好調なようで、うらやましい限りだ。

「……一生わからないかも」

「そうね」

背伸びしたルイカ王女と少し屈んでいた私の額がこつんと当たると、顔を見合わせてふたりで小さく笑い合う。なんだか本当の姉妹のようだ。

そのとき人混みを掻き分けるようにして、ゾルドとタイキがやってきた。

タイキは私たちのところに来ると、さり気なくルイカ王女の隣に並んだ。正確には私とルイカ王女の間だけれども彼女寄りでかなり近い。……なんだか気まずい。

もし見つめ合っているふたりを目にしてしまったら、昨日決めたことを行う勇気が消えてしまいそうだ。

タイキのほうを見られずにいると、ゾルドがみんなに向かって話しはじめる。

「おはようございます。本日は騎士団長の代わりに私が今後の予定についてお話しします」

私たち三人がうなずいたのを確認すると、ゾルドは続ける。

「この一週間のご尽力、本当にありがとうございました。皆さまのおかげでひとつの命も失うことなく乗り切れました。この通り応援部隊が到着したので、明日には王宮に向けて出発します。もう手は十分に足りておりますので、今日はゆっくりとお休みください。何か質問はございますか？」

説明は簡潔だったので誰も質問しない。ただ、私は個人的に確認しておきたいことがあった。

「ゾルド様。飛狼竜のお世話はいつも通りにやってもかまいませんか？」

近くにいるタイキに聞いてもよかったのだけれども、なんとなくゾルドに尋ねた。

「もちろんです、カナニーア様。ヤツらも喜びますのでぜひお願いします」

「ありがとうございます。私こそあの子たちには癒やされていますから」

そう答えてゾルドとタイキと一緒に飛狼竜たちの厩舎に向かおうとする。そのとき呼び止める声がしたが、誰の声かわかったので三人とも振り向かない。

「聞こえないふりしていくぞ。カナニーア王女、走れるか？」

「速くはありませんが大丈夫です」

「あーあー、もうやだよ……」

せーので走り出したけれど、私が遅くてすぐに追いつかれてしまった。

「ハァッ、ハァッ……。あ、あなたたち、耳が悪いのかしらっ！」

「スイマセン、キコエマセンデシタ」

ゾルドは棒読みで答えるが、そんなことを気にするサリー王女ではない。今日も訓練に参加する気満々で、どうして懲りないのか不思議でならない。

「あの……明日のために今日はゆっくり休んではいかがですか？」

「カナニーア様だって休んでいないのだから、私だって付き合って差し上げますわ。だってローゼン国王の妃になったら、地獄の極悪番犬とも仲よくしなくてはいけませんもの」

どうやら彼女は妃になる未来に備えているらしい。タイキたちはそれを聞きげんなりしているが、止める気力はないようだ。サリー王女は無敵ね……

「俺だってフロルだって、カナニーア様がいいっ！」

「グルルルゥゥ！」

飛狼竜たちのところに着くと、ゾルドとフロルは組み合わせの変更を訴える。もちろんタイキとグレゴールは首を縦に振らず、ふたりと二頭が睨み合う。珍しくゾルドが一歩も引かずに膠着《こうちゃく》状態が続いていると、サリー王女がおもむろにグレゴールを指差す。

「こっちの凶悪顔は嫌よ。まだいつもの小さいほうが可愛げがあるわ」

貶《けな》されたグレゴールは尻尾を回転させ、褒められた？　フロルはうなだれる。

こうして、ゴーヤン王国の第一王女の希望を優先させるという形で決着が着いたのであった。私としてはどちらに同乗してもよいのだが、今日はやはりグレゴールに乗りたいと思っていたのでほっとする。空の上だったら誰にも邪魔されずにタイキと話ができるからだ。

ブツブツと文句を言い続けているゾルドとフロルを置いて、グレゴールのそばへ行く。

「カナニーア王女。さあ、手を出せ」

「タイキ様、今日もよろしくお願いします。それに、グレちゃんもよろしくね」

彼は私の手を力強く握って、軽々とグレゴールの上に引き上げてくれる。乗り心地はよいけれど、やはり礼儀正しいまま。ルイカ王女との差を感じて、胸の奥がちくりと痛む。

「今日はカナニーア王女が命じてみるか？」

「よいのですか？　タイキ様」

さっきまで落ち込んでいたのに、現金なもので聞き返す声が弾んでしまう。飛行を任されるのは初めてで、発声はまだまだで自信がないけれどやってみたい。

「カナニーア王女は本当に頑張っているからな。これは俺からの感謝の気持ちだ。だが、従うかどうかはわからんぞ」

私の反応に彼はうれしそうに目を細める。

「タイキ様、ありがとうございます。グレゴール、＆＆，＃”｜！”※※％＃”｜」

――バサッ、バサッ！

グレゴールは大きく数回羽ばたいてから、勢いよく空へと翔《か》けあがっていく。

「タイキ様、やりました！　私の命令をきいてくれましたよ！」

「ああ、上手だったな。俺が見込んだだけのことはあるぞ、カナニーア王女」

彼は今までも、『俺が』とか『俺の』とよく私に向かって使っていた。そこに深い意味はないとわかっているけれど、ドキドキしたり特別なのかなと勝手に思ったりして、ひとりで恋を楽しんでいた。

……今はちょっとだけその言葉を聞くのが苦しい。

タイキはその心の中で誰を想っていようと私を透明人間にはしない。そのことにほっとしているのに、それ以上を望んでしまう私がいるからだろう。

私はグレゴールの好きなように翔《と》ばせることにした。タイキから、やんちゃで自由気ままな性格なグレゴールはある程度自由にさせたほうがよく翔《と》ぶのだと教わっていたからだ。

ゆっくりと翔《と》んでくれているので、風の音で声がかき消されることもない。深く息を吸い込んでから前を向いたまま話し出す。

「タイキ様は飛狼竜騎士になって長いのですか？」

「二十歳からだからもう三年になるな。どうした、カナニーア王女。俺に少しは興味を持ってくれたか？」

笑いながら聞き返してくる彼はとても楽しげだ。

「そ、そうではありません！　ただの世間話ですから」

何気ない会話からさり気なく聞き出そうとして、かえって墓穴を掘る。冗談だとわかっているのに、私が動揺してどうするのだ。いけない、いけない……

もう一度そっと深呼吸をしてから気を取り直す。

「そういえば、タイキ様は今回の後宮の華選びについてどう思っていますか？」

「別になんとも。しいて言えば面倒くせぇだな」

返ってきたのはそっけない言葉だった。たしかにローゼン国王の妃なのだから、彼とは関係ない。

「では、妃候補たちについてはどうですか？」

「あー、サリー王女は最悪のひと言だ。俺だったら絶対に結婚したくねぇな。性根が腐っているとまでは言わんが、俺は無理だ」

「……サリー様には内緒にしておきますね」

今、彼がどんな顔をしているのか容易に想像できる。きっと何か苦いものでも食べてしまったときのように眉をひそめているはずだ。

「それでは、ルイカ様はどうですか？」

ついでという感じでうまく聞けたはず。胸の鼓動が速まっているのを彼に悟られてしまうだろうか。

……いいえ、大丈夫だわ。

私の身の安全を図るためでない限り、彼は私の体にその腕を回すことはない。今だって彼の手は手綱《たづな》をしっかりと握りしめている。よかったと思うべきなのに、私の胸のうちに芽生えた感情は安堵とは違っていた。

「ひと言で言えば、奇跡って感じだな」

彼の声音《こわね》は変わらないけれど、告げた言葉は奇跡——特別だった。心臓を手でぎゅっと掴まれたかのように胸が苦しくなる。

「奇跡ですか？　それはどういう意味でしょうか……」

曖昧に終わらせるのは性に合わないから、もっと彼の言葉が欲しかった。

「ん？　どういう意味って、あれだ、二度とお目にかかれないような存在ってヤツだな。……きっと最初で最後だろうな」

「つまり唯一無二という意味でしょうか？」

声が震えなかったのは王女としての教育の賜物《たまもの》だった。こんな場面で役に立つとは思ってもいなかったけど。

「……まあ、そうだな」

「……っ……」

聞きたかった言葉のはずなのに、わかっていたはずなのに心が張り裂けそうだ。息ができなくなるほど苦しいけれど、彼に知られたくないから必死に耐える。

「その気持ちはよくわかります。ルイカ様は見た目だけでなく中身も素晴らしいですよね。言うべきことを選んで言葉にし、さり気なく気遣ってくれて。私のほうが年上なのに助けられていますもの。タイキ様は見る目がありますわ！」

お世辞ではなく、本当に思っていることを言う。もっと気の利いたことを言えればいいのだけれども、今はこれが精いっぱいだ。

……タイキ様、あなたの恋を応援しておりますね。

彼が私の顔を覗き込もうとして、赤い髪が頬をくすぐる。いつもなら振り返って、その赤い瞳と視線を合わせるけれど、今は気づかないふりをさせてほしい。

「それと、カナニーア王女のことは――」

「タイキ様、明日のために荷をまとめたいので、今日はこれくらいで終わらせてもよいですか？」

「ああ、かまわんが……」

私は彼の言葉を遮って話を終わらせた。もう十分に聞きたいことは聞けたから、今だけは彼とふたりきりでいたくない。私の目的は達成できた。

「グレゴール、＄”＃・”＆」

グレゴールは一瞬振り向いてから、私の命令に従ってくれた。

地上に降りると、まだゾルドとサリー王女は戻っていなかった。叫び声が空に響いているから、まだ当分は降りてこないのかもしれない。

「タイキ様、今日は飛行を任せてくれてありがとうございました。グレちゃんも、ありがとうね」

それだけ一気に言うと、私はその場から急いで立ち去る。

タイキの気持ちを確かめたあとは一度も彼の顔を見れなかった。

唇を強く噛みしめて、目からこぼれ落ちそうになる何かを必死で堪えながら、宿へひとりで戻っていく。周りからどう見られるか考える余裕などなく、途中で誰かに声をかけられないようにうつむきながら歩いた。

自室に辿りついて扉を開けると、私の体は甘い香りに包まれる。

「お帰りなさいませ、カナニーア様」

テーブルには甘い砂糖菓子が山のように用意されていた。どれも見覚えのあるものばかりだから、厨房を借りて作ってくれたのだろう。

ドーラがふたりぶんのお茶をテーブルにそっと置くと、ローゼン国のお茶の爽やかな香りが漂ってくる。モロデイ国の甘いお茶に馴れていたから、最初は違和感があったけれど今は大好きな香りだ。

そしてドーラは私の隣の椅子にそっと腰かける。

私は何も言わずに砂糖菓子を口に運んでいく。お茶を飲んで、砂糖菓子を食べて、またお茶を飲んで、また砂糖菓子を食べる。

ドーラも何も言わずに一緒になって食べている。……まるでふたりで競争しているみたいだ。

しばらくすると、私はやっと砂糖菓子を取る手を止めた。

「あのね、ドーラ。やはりタイキ様はルイカ様のことが好きだったわ。彼女でよかったと思っているわ。だって本当に可愛らしくて素敵な方だもの！　もしサリー様のことが好きだって言っていたら、私、文句を言っていたかもしれない。他国の王女を控えめだと公言する人はどうかと思いますよって！」

私はいつも通りの明るい口調で話す。それから立て続けに言葉を紡ぐ。

「それとも誰を選んだとしても、彼の選択なら応援していたのかしら。そうね、きっと応援していたわ。それなら私がサリー様を鍛え直しますとか言ってね」

ドーラは何も言わずにただ聞いてくれる。

「本当にね、私、タイキ様の恋を心から応援しているのよ。嘘じゃないわ、だって好きな人には幸せになってほしいもの」

「その気持ちはわかります。でも、おつらいのですよね？　カナニーア様は」

ドーラは否定せずに、まだ話していない今の私の気持ちにも寄り添おうとしてくれる。

言ってもいいだろうか。吐き出してもいいだろうか。

いつもは砂糖菓子を食べて気持ちを切り替えられていたのに、なぜか今日だけはいくら甘いお菓子を食べても心は苦しいまま。

「……本当はね。もう少しだけ恋を楽しみたかったの。叶わなくともローゼン国にいる間だけは、タイキ様の一挙手一投足に喜んだり落ち込んだりしていたかったわ。こんなに早く終わりになんてしたくなかったわ、もっと、もっと恋をしていたかった。失恋なんてしたくなかったのに……。なんでいつも選ばれない……の……かな。うっ、うう……」

最後は嗚咽《おえつ》で言葉にならなかった。

モロデイの王女としての責務を投げ出すつもりは毛頭ない。

でも、タイキも私と同じ気持ちでいてくれたら、選んでくれたらと心の奥で願っていたのだ。もし彼が同じ想いだったとしてもそれを受け入れるつもりはないのに。後宮の華候補なのだから受け入れることなんてできないくせに。

ひとりよがりな考えを吐き出している今の私は、どんなにみっともないだろうか。

「ドーラ、こんなことを聞かせてしまってごめんなさい。……がっかりしたわよね？」

第一王女のくせに自分勝手なことを幼子《おさなご》みたいにただ喚くだけ。

こんな自分は初めてだった。ひとりで静かに泣くことはあっても、こんな醜態を晒したことはなかったのに。

「私はがっかりなんてしておりません、カナニーア様。失恋とはそういうものです。だって真剣に恋をした結果ですから、ぐちゃぐちゃになっていいではありませんか。恋の前ではみなひとりの人間で身分など関係ありません。我慢せずに全部吐き出してくださいませ」

ドーラは泣いている私の口にポンッと小さな砂糖菓子を放り込んで、優しい笑みを浮かべながら両手を広げて待っている。

「……甘い、……すごく甘いわ」

この砂糖菓子よりも、ドーラはお兄様と同じで私に甘い。もう十八歳なのに私はドーラの柔らか

な胸にそっと顔を埋める。……泣いている顔を隠すかのように。

「逃した魚は大きかったとあとで気づくわ、……きっと」

「タイキ様には到底釣り上げられない大きな魚だったんですよ、カナニーア様は」

「見る目なんてないわ。だって、私を見逃しているんですもの……」

「本当に世界一馬鹿な男です」

強がりを繰り返す私をドーラは諫《いさ》めない。そうなると不思議なもので本当の想いを告げたくなる。

「でも、でもね、タイキ様は世界一素敵な人で、だから私は大好きなの……」

「はい、そうですね。カナニーア様は見る目がありますから」

ドーラの言葉を繋げれば、タイキは世界一馬鹿な男で、かつ世界一素敵な人ということになる。

「ドーラ、言っていることがおかしいわ」

「カナニーア様が素敵な女性だと言いたいだけですから、多少おかしくともかまいません」

きっぱりと言い切るドーラ。その清々しいほどの返事に、思わず笑みが溢れる。

おかしいけれど泣きたいほどうれしくて、そしてまだ胸は苦しいまま。それなのに、私は前を向けている。

「ありがとう、ありがと……ぅ、……ドーラ」

それからふたりで泣きながら笑いながら、そしてちょっぴり怒りながら、いろいろなことを話していく。気づいたら山のようにあったお菓子は綺麗サッパリと消え、心の中に溜まっていたものも消えてなくなっていた。大切な想いだけをその心に残して……

私は失恋の痛手と一緒に素敵な恋を心の奥へ大切にしまうことができた。それは砂糖菓子ではなく、ドーラがいてくれたおかげだ。

こうして、私の初恋は終わったのだった。

五章　予期せぬ裏切り

翌朝、いつもより早く起床し身支度を済ませてから飛狼竜たちのもとへ向かう。

いつもより早い時間帯なのは、昨日の件があってタイキを避けようとしているわけではなく、フロルの頭のひよこ毛を時間をかけてもこもこにしようと決めていたからだ。連日サリー王女の相手をしているのだから労《ねぎら》ってあげたい。

厩舎に着くと、やはり私が一番乗りだった。

「みんな、おはよう」

鉄の櫛《くし》を手に近づいていくと、飛狼竜たちは一斉に鼠の尻尾をパタパタと振りながら、歯を剥《む》き出して挨拶してくれる。そして柵の間からちょこんと頭を出し、一列に並んで順番を待つ。今日も彼らはお利口で愛くるしい。

「フロル、昨日もお疲れ様。ものすごく頑張っているから、今日は特別もこもこに梳いてあげるわね」

先頭にいるフロルからの返事はない。甘えん坊のグレゴールは拗ねてわざと返事しないことがあるけれど、フロルのこんな態度は初めてだ。たぶん、昨日の飛行訓練がよっぽどだったのだろう。

しかし、フロルは怒ってますよという顔をしているのに、頭はしっかりと出したままだ。それに隠そうとしているのか、尻尾を大きなバケツの中に突っ込んでいるが、カランッカランッと鳴っているから尻尾が揺れているのが丸分かりである。もうっ、なんて可愛いの！

私が鼻歌を歌いながらひよこ毛を梳きはじめると、それに合わせてフロルも唸りはじめる。気持ちがいいのだろう。

「フロルは歌が上手ね。美人さんだし歌も歌えるし演技もできるし、舞台女優になれるわ」

——ガランッ、ガランッ。

フロルの尻尾が入ったバケツの音がさらに大きくなる。いつだって飛狼竜の尻尾は正直だ。

順番待ちの子たちも体を揺すりながら唸りはじめ、まるで合唱隊みたいである。そう思っていたら一頭だけ調子外れな子がいた——グレゴールだ。

音程が合っていないことを気にする子は誰もいない。飛狼竜たちは優劣をつけたりせず、互いを尊重し合って自由に生きているのだ。そんな生き方ができるなんて羨ましい。

迫力満点の大合唱に頬を緩めていると、サリー王女が気怠そうに歩いてくる。飛行訓練には参加しているけれど、朝に顔を出すのは初めてだった。

「早朝からうるさいわね。それに、獣の毛なんかいじって何が楽しいのかしら～」

「もこもこを極めるのは最高ですよ。サリー様もやってみますか？」

「遠慮するわ」

サリー王女は大袈裟《おおげさ》に肩をすくめてみせる。以前に比べたら飛狼竜を恐がらなくなったとはいえ、積極的に触れ合いたくはないらしい。ただ、もこもこのひよこ毛は気になったのか、私が楽しげに手を動かす様子をじっと眺めている。

「ねえ、カナニーア様は控えめな王女って有名でしょ？　なんでそんなに前向きでいられるの？」

その声に嫌味は感じないから、純粋に質問をしているのだろう。サリー王女は遠回しに聞くのが苦手らしい。

「有名かどうかは知りませんが、うつむいていたら綺麗な景色を見逃すかもしれませんし、楽しいことに気づかないかもしれないので、前を向いているだけです」

「前を向いていたら、汚いものが目に映ったり、知りたくないことを知ってしまったりするわ」

サリー王女は珍しく真面目なことを言う。彼女も陰口を叩かれているようだから、胸のうちにつらい思いを抱えているのかもしれない。それを見せないように、高飛車に振る舞っているのだろうか。心を守るために仮面を被ることは誰しもあることだ。

「生きていたらいろいろあって当然です。だから、なるべく周囲の雑音ではなく、家族や親しい人たちの言葉を信じることにしています」

告げたのは本音だ。両親や兄やドーラみたいに親身になってくれる人が私にはいる。だからこそ、自分はひねくれずに済んだと思っている。

「……恵まれているのね。おっほほ、私のように胸も恵まれたらもっとよかったのに」

ぼそっとつぶやくように言ってから、またサリー王女はいつもの調子に戻った。胸の件は余計ですと真面目に抗議すると、彼女はいつも持ち歩いている飴を私の口に入れてくる。

「これ、美容にいいのよ」

休憩の時間にいつも振る舞ってくれるものだけど、効能があるとは知らなかった。ゴーヤン王国は薬草を利用することに長《た》けているから、その知識を食にも取り入れているのだろう。

　そのとき、フロルとグレゴールが同時に甘えた声を出したので、すぐに誰がやってきたかわかった。

「おはようございます、カナニーア様。……ついでにサリー様」

「カナニーア王女、今日は早いな。ったく、また来たのかよ」

　サリー王女へ向けた後半の台詞《せりふ》は随分と失礼な言い方だけれども、飛狼竜たちの気持ちも汲んでの言葉なのだろう。……それなら仕方がない。

「まあ、同じ王女なのに差別をするのかしらっ！」

「おはようございます。タイキ様、ゾルド様」

　いつもと同じように言えてよかった。声も震えていないし、昨日と違ってちゃんと彼の目を見られる。サリー王女の言葉を聞き流し、タイキもまっすぐに私だけを見つめてきた。たぶん、昨日の私の帰り際の態度を気にしているのだろう。

「カナニーア王女、顔色も調子もよさそうだな。今日も一緒に翔《と》べるか？」

　心配してくれていたのだとわかると、自然と顔が綻ぶ。

「はい、もちろん翔《と》べます。タイキ様、今日もよろしくお願いしますね」

「なら、昨日の続きだな！」

　彼は声を弾ませて、うれしそうな顔をしながらグレゴールの鞍《くら》の準備に取りかかる。昨日の続きとは、また命令をさせてくれるということだろうか。それにしては随分とうれしそうね……

理由はともかくとして、彼がうれしいなら私もうれしいと思えていることにほっと胸をなで下ろす。これなら、タイキとの新たな関係を自分の中でうまく築いていけそうだ。そのとき。

「……動かないで、カナニーア様」

準備が整うのを待っている私の首に、鋭利な冷たい何かが当てられる。見えなくてもわかる、これは貴族女性が護身用に身につける細身の短剣だ。

——短剣を握っている白魚のような手は、薬草の匂いがかすかに残っていた。

短剣を突きつけられている恐怖よりも、さっきまで普通に話していたサリー王女に裏切られたという衝撃のほうが大きい。

彼女も仮面を持っているとは思っていた。でも、今まで私に見せていた顔もすべて嘘で、本当は狡猾《こうかつ》な人だったのだろうか。そうは思えない。いいえ、信じたくない。

「サリー王女。今すぐその剣を下ろして、カナニーア王女を離すんだ」

「わかりました……なんて答えるわけがないでしょ？」

サリー王女は私の耳元でクスリと笑う。

飛狼竜騎士として場数を踏んでいるからか、取り乱すことなく淡々と話すタイキ。しかし、その視線はサリー王女を射殺しそうなほど冷たく鋭い。瞳の色がどす黒い血のように見えるのは、わき上がる怒りを目の奥深くに宿しているからだろう。もしここでモロデイ国の王女が害されたら、招いたローゼン国も責任を負うことになるから、それは当然の反応だった。

でも彼の怒りの理由は、たぶんそれだけではない。純粋に私の身も案じてくれているのだと感じる。だって、私へ向ける眼差しは『大丈夫だ』と包み込むような温かい炎のような赤だったから。その違いに気づけるのは、彼の瞳を近くでずっと見ていた私だけ。だからこそ私は不思議なほど落ち着いていられる。

「それぞれの飛狼竜に乗りなさい。そして私とカナニーア様を乗せるのよ。訓練のときと同じことだわ、簡単でしょ？」

「目的は飛狼竜か……」

「正解。私はその雄と雌が欲しいの。カナニーア様を傷つけられたくなかったら協力しなさい」

サリー王女が指差した先にはグレゴールとフロルがいた。

ローゼン国は飛狼竜を国外へ持ち出すことを法律で禁じている。彼女はその貴重な飛狼竜を持ち出そうとしているのだ。

でも、そこでひとつの疑問が浮かぶ。

飛狼竜に別々に乗ったら私はもう人質にできないし、屈強な飛狼竜騎士であるゾルドでは代わりの人質にはなりえない。サリー王女が何を考えているのかわからず、それはタイキたちも同じようで怪訝な表情を浮かべたまま彼女の出方を窺っている。

そのとき、サリー王女は自ら短剣を手放し不敵な笑みを浮かべた。ゾルドが落ちた剣をすかさず遠くに蹴り飛ばすが、彼女に焦る様子はまったくない。

「剣はただのお飾りよ。カナニーア様には遅効性の毒を飲ませたわ。解毒薬の知識を持っているのは私だけ。私の言うことを聞けば、彼女は助けると約束するわ」

「……嘘」

「本当。あの飴はいつもと違って特別だったの」

毒かどうかを疑ったのではなく、彼女が私に毒を仕込んだことを信じたくなかった。仲がよかったとは言い難いけれど、そんな冷酷なことを平気でする人とは思いたくなかったのだ。

サリー王女の言葉を聞いて、タイキたちの顔つきが変わる。彼女の言葉の真偽が判断できる材料が現段階ではひとつもないからだ。

私は深く息を吐きながら、ともすれば崩れ落ちそうになる自分を叱咤《しった》し考える。

……そもそも毒を仕込んだというのが事実という確証はない。仮にそれが真実だとしても、サリー王女が約束を守る保証もない。

最悪、飛狼竜だけを取られてしまう結果もありえる。ゴーヤン王国が飛狼竜の調教技術を持っているとは到底思えないし、結果として手に負えなくて殺処分されるか、実験に使われるか……よくて飼い殺しだろう。

絶対にあの子たちをそんな目にあわせたくない。

それならば、モロデイの第一王女として取るべき道はひとつ——言いなりにはならない。

タイキたちも合理的に考えてそれが最善だと判断しているだろう。だが毒の有無が判明していない時点で彼らがそれを口にしたら、モロデイ国の王女の命を軽んじたことになるから言えないはずだ。だから、私が動く。王女としての身分は飾りではない。私はサリー王女の目をまっすぐに見据える。

「サリー様。もしこれが計画的なことなら毒の件も本当でしょう。でも、あなたが飛狼竜の訓練に参加したいと言ったのはつい先日のこと。飛狼竜を盗もうと企《くわだ》てているにしては場当たり的で無理があります。ですから、私は毒は嘘だと判断します。言いなりにはなりません」

駆け引きをしたいわけではないから、毅然とした態度で言い切った。

「そう思うのも無理はないわね。でも残念ね、熱病のせいで台無しになっただけで計画があったことは本当よ。みんなの食事に眠り薬を仕込んで、誰も傷つけることなく待機している者たちで飛狼竜を盗む予定だったのに」

サリー王女はタイキとゾルドのほうを見て嘲笑う。

先行していたゾルドが熱病を報告するために戻ってきたとき、彼女は必死に留まらずに通り過ぎればいいと騎士団長に詰め寄っていた。それまでの彼女の言動から我儘《わがまま》を言っていると思い込んでいたが、サリー王女の言う通り、最初の計画を守ろうとしていたからこそ必死だったとしたら？

――辻褄が合う。

「本当は私だってこんな真似はしたくなかったわ。毒はもしもの場合の備えで、まさか使うことになるなんて。ふふ、信じられない？　まぁ、私の言葉が本当かどうか身をもって知るといいわ、カナニーア様」

「何を言われようとも私の意見は変わりません、サリー様」

私の言葉にサリー王女の表情が強張る。

控えめな王女なら泣いて縋ってくると思っていたのだろうか。王族として生まれたからには、そういう教育も受けているから覚悟はできている……はずなのに死を前にして震えそうになる自分がいた。両腕で自分の体を抱きしめて誤魔化そうとすると、私の肩に大きな手がそっと置かれた。

「カナニーア王女、俺がついている」

肩に置かれた彼の手にぐっと力が入り、私の顔を覗き込む赤い瞳が『心配するな、大丈夫だから』とまっすぐに告げている。それを見て、震えそうになっていた体から余計な力が抜けていく。

「言う通りにしよう。だから、約束は違《たが》えるな。カナニーア王女に万が一のことがあったら絶対に許さない。まずは耳を削ぎ落とし、殺してくれと乞《こ》いたくなるほど体を端から切り刻んでいく。片目だけは最後まで残してやるから、自分の体が小さくなっていくのをその目で見続けろ。ローゼン国の男は有言実行だ。忘れるな、サリー・ゴーヤン」

「ヒィッ……」

身がすくむようなタイキの低音にサリー王女は震え上がる。

でも、私は怖いとは感じなかった。肩に置かれた手はとても温かくて、それが彼の心そのものだとわかっているからだ。あれはただの脅しだ。

「待ってください、タイキ様。毒の可能性はゼロではありませんが、それを口にしたのは私の責任です。ローゼン国に非はありません、ですから――」

「どこに責任があるかなんて関係ない。俺は大切な人を守りたい。俺を信じろ、カナニーア王女」

彼は私の言葉を遮ってまっすぐな想いを伝えてくる。大切な人とは友人としてだろう。だとしても、大切に思ってくれているのをうれしく思う。

でも、ここで私が彼の言葉に甘えたら、彼が責任を負うことになる。そんなことを私は望まない。――彼の未来は私が守る。

私はゆっくりと振り返り、肩に置かれた彼の手をさり気なく外す。そして、凛と胸を張った私はモロデイの第一王女として告げる。

「タイキ様、王族である私が決めたことです」

こう言えば、一介の騎士であるタイキは逆らえない。

彼の視線が一瞬だけ私から外れ、その先にいるゾルドに注がれた。

「カナニーア様。私、ゾルド・ザザは父である騎士団長より、緊急事態が起こったときの判断を一任されております。失礼ながら、それは客人である他国の王族の発言よりも勝るものです。ここはタイキの言葉を優先します。これはローゼン国の判断ですのでご理解を」

「……承知しました、ゾルド様」

私がタイキのことを思って使った手法を、今度はゾルドがしてきた。彼の言葉の真偽を確認する術《すべ》は今はないから、モロデイの王女としてはうなずくしかない。

――ふたりの言葉はすべて私のため。ありがとうございます、……タイキ様、ゾルド様。

心の中で感謝する一方で、私はかすかな違和感を覚えていた。

ふたりのどちらが上の立場なのか尋ねたことはないが、なんとなくタイキのほうが上だと思っていた。言葉遣いや態度からではなく、タイキがまとっているオーラのような曖昧なものからだけど。

だから、ゾルドがタイキよりも上の立場で発言したのがしっくり来ない。それに、タイキの視線を受けてゾルドが動いたようにも思えた。私の気のせいだろうか。

伺うようにタイキを見るも、包み込むような温かい眼差しを返されただけだった。

「き、決まったようね。では、さっさと支度をしてちょうだい。どこへ向かうかは翔《と》んでから教えるわ」

サリー王女は引きつった顔で命令してくる。タイキの残忍極まりない言葉が尾を引いているようだ。

彼女は言動に矛盾が多くて、豪胆なのか小心者なのかよくわからない。どれがあなたの本当の顔なのと問いかけたくなるのは、彼女の裏切りを私はまだ受け入れられていないからなのかもしれない。

「信じろ」

タイキは私の耳元で囁いてから離れていく。私はサリー王女に気づかれぬようにかすかにうなずく。

……信じています、タイキ様。

赤髪が揺れるその後ろ姿から目が離せないのは不安からではなかった。

ゾルドとタイキはそれぞれ、手早くグレゴールとフロルに鞍《くら》を付けていく。グレゴールの支度を終えたタイキが柵の中から出てきた。

「最初に忠告しておく。グレゴールとフロルは仲が悪い。だから二頭は近くに置かないように気を配っている。さっき見ただろ？　毛を梳くときもフロルは先頭に、グレゴールは一番最後に置いているのを」

飛狼竜は配置しているのではなく勝手に並んでいるだけだ。それに二頭はとても仲がよい。

しかし、サリー王女はその事実を知らない。タイキは彼女が目にした事実に、巧みに嘘を織り交ぜて新たな事実を作り上げていく。

「繁殖の心配ならいらないわ。そんなことまで私は約束していないもの」

サリー王女の約束とは飛狼竜を引き渡す相手と交わしたものだろう。彼女自身は飛狼竜に興味はないようだ。

「……俺は忠告はしたからな」

タイキが不敵な笑みを浮かべると同時に、ゾルドは柵を飛び越えて外に出る。

「グルルルッ……」

「クゥ……」

まるで獲物を狙っているかのようにグレゴールが歯を剥《む》き出して唸りながら、フロルの周りをゆっくりと歩き始める。フロルは明らかに怯えていて唸ることさえできずに、相棒であるゾルドに向かって鳴く。その姿は助けを求めているようにしか見えない。

「何をやっているの、早く止めなさい！　小さいほうが助けを求めているじゃないの！」

サリー王女がタイキとゾルドに向かって叫ぶと、それを引き金にグレゴールがフロル目がけて飛びかかる。

フロルは悲痛な声を上げるが、グレゴールは楽しんでいるかのように鋭い爪を容赦なく繰り出し、フロルの体に突き立てる。

「は、早く……どうにかして！　このままでは小さいほうが死んじゃう、かわいそうだわ！」

「忠告を無視した結果だ。飛狼竜同士が争い始めたら誰も止められない、どちらかが倒れるまで続く。調教してあるからおとなしく見えてもそれは見せかけで、仲間も平気で殺す生き物だ」

青褪《あおざ》めるサリー王女に向かって、タイキは感情のこもらない声で言い放った。

タイキの言葉は真っ赤な嘘。飛狼竜は凶暴な見た目に反して温和な性格で、仲間同士で争うこともなく、そのうえ非常に賢い生き物だ。

――これはすべて即興のお芝居。私の身を最優先に考えたうえで、飛狼竜の被害を最小限に抑えるべく手を打ったのだ。タイキはゾルドに相談していないし、飛狼竜に命じてもいない。けれど、みなタイキの言葉に合わせて動いている。タイキとゾルドの阿吽《あうん》の呼吸もそうだが、飛狼竜たちの連携もすごいと思う。グレゴールとフロルだけでなく、周りの飛狼竜たちもこの状況を理解したうえで小屋の隅で身を寄せ合い、暴走したグレゴールに怯えているように振る舞っていた。

飛狼竜たちの演技はみな完璧で、そうとは知らないサリー王女はだまされる。

「何かできることはあるはずよっ！　鞭で脅して引き離すとか、食べ物を与えて気を引くとか。きゃー、駄目、殺されちゃうわ……」

サリー王女がタイキたちに捲し立てると、グレゴールがフロルの首に容赦なく鋭い歯を立てて、その体を厩舎の壁に叩きつけるように放り投げた。

そうして、壁に打ちつけられたフロルは動かなくなる。尻尾がかすかに動いているから、まだ息をしているのだけがわかる状況だ。

「フロル、しっかりしろ！　死ぬんじゃないぞ！」

ゾルドは駆け寄って、動かない相棒の体にすがりつく。これがすべて演技だとわかっていても胸が苦しい。もしかしてフロルは怪我をしたのではと心配になるが、ゾルドがついているからきっと大丈夫と自分に言い聞かせた。

「で、どうする？　サリー王女。飛狼竜騎士以外を乗せることができるのは一頭だけになったぞ」

サリー王女は顔を強張らせ、横たわったままのフロルを凝視している。雌を連れていけなくなったことではなく、フロルが傷ついたことを悲しんでいるように見えた。

こんな状況を招いたのは自分なのに今さら何を嘆いているの……？　なんだろう、ちぐはぐな気がする。

喜怒哀楽が顔に出る素直な人だと思っていたけれど、実は豪胆で狡猾《こうかつ》な人だと認識を改めた。その一方で小心者でもある。一貫性がないサリー王女は捉えどころがない。なるべく早く見極めなくては……

「どうするんだ？　サリー王女」

「えっ、ああ、そうね。仕方がないから、一頭でかまわないわ。あの大きな飛狼竜なら三人乗れるでしょ？　重いのならカナニーア様の腕を切って、軽くしてもいいわよ」

サリー王女は問いかけに今気づいたとばかりにハッとしてから、タイキにサラリと残酷なことを告げる。

「そんな必要はない」

タイキは冷たく言い放つ。体格のいいグレゴールなら余裕だ。それにこの状況を理解しているから、サリー王女を振り落とそうとしないだろう。

グレゴールの背に最初にタイキが、続いて私が彼の前に乗った。自力では乗れないサリー王女は、柵の外に出てきたゾルドに下から持ち上げてもらう。そして、私の前に乗ったサリー王女は柵の中にいる飛狼竜たち目がけて小さな袋を投げつける。すると、ふわっと白い粉が舞った。

「何をするのっ、サリー様！」

「心配ないわ、これは動物全般に効くマタタビみたいなものよ。二時間ほど酩酊状態になるだけで後遺症は一切ないわ。それに人には無害よ」

彼女は手についた白い粉を舐めてみせる。飛狼竜たちは甘い声を発し尻尾を振りはじめたから、どうやら本当のようだ。追手を防ぐ目的なのだろう。

「グレゴール、$”&’（、”※#”！%’―」

グレゴールは厩舎から出ると空へと瞬く間に翔《か》け上がっていく。その力強い羽ばたきは、三人も乗せているとは思えないほどだ。

「ネピール谷に向かって」

「わかった。カナニーア王女の時間は大丈夫なんだろうな」

ローゼン国の国境付近にあるネピール谷までは距離がある。タイキはうなずく前に、私のことを心配してくれた。

「まだ十分猶予はあるから安心してちょうだい。着いたら解毒方法を教えて解放するわ」

彼は片腕で手綱《たづな》を持ち、空いた手で私を支えてくれる。タイキの片腕にぐっと力が入り、私と彼の体はより密着した。

タイキの力強い鼓動が伝わってくる。私の心臓が奏でる早鐘のような音も彼に伝わっているのだろう。私の想いを知らない彼は不安のせいだと思うはず……それでいい。早鐘の理由がひとつだけでないのは、この先もずっと私の胸のうちに秘めておく。彼を困らせるために好きになったわけではない。

翔《か》け上がっていく途中でサリー王女が小さな声でつぶやく。

「ごめんね、フロル……」

風の音で私に聞こえていないと思っているだろう。

サリー王女の体は震えている。見た目では気づかなかったけれど、こうしてぴったりと体を重ねているからこそ、彼女が怖がっていることがわかった。たぶん、空を翔《と》んでいることではなく別の理由で。だから、叫ぶことも忘れているのだ。サリー様、あなたの本当の顔を教えて……

私は私のやり方で彼女を見極めて、少しでもタイキの助けになりたい。

そっと振り返ると、彼は黙ったまま頷《うなず》く。お互いに言葉はなくともそれだけで十分だった。

私は意を決して賭けに出る。

「サリー様は優しい人ですね、フロルの心配をしているんですから」

「……な、何を勘違いしているのかしら。地獄の極悪番犬なんてどうなってもいいわ」

動揺するサリー王女は私の言葉に食いつく。

「どうでもいいなら、どうしてグレゴールを止めようとしたの？」

「あ、あの、小さい体が血塗れなのが気持ち悪かったから、……その、見たくなかったのよ！」

血なんて一滴も流れていなかった。でも今は聞き流し質問を続けていく。

「そうですか……。では、どうして飛狼竜たちに白い粉を投げつけたの？」

「追ってこられたら困るからよ。そんな当たり前のことがわからないなんて、カナニーア様は馬鹿なの？　それとも、毒が頭に回っているのかしら……。もし間に合わなかったらご愁傷様《しゅうしょうさま》ね」

サリー王女は鼻で笑うように挑発してくるが、その声音《こわね》には焦りが滲み出ている。話を逸らそうと必死なのだろう。そんな彼女を正論で追いつめていく。

「フロルは血を流していませんでした。それに確実に追ってこれなくするためなら、即効性の毒のほうがよかったですよね？」

「そんなのかわいそうっ、……じゃなくて、ゴーヤンにはなかったのよ！」

苛立ちを隠せなくなったサリー王女は叫ぶ。モロデイ国にその知識があるのに、薬草を利用するのに長《た》けたゴーヤン王国にないはずがない。もう少しだわ……

「サリー様は嘘ばかりつくのですね。もしかしたら、飛狼竜を渡す相手がいるというのも嘘なのでは？　本当は後宮の華に選ばれない惨めな自分を見たくなかったのではないかしら……」

十分に揺さぶったあとはプライドを傷つける言葉をぶつける。動揺し苛立っているところにさらに負荷をかけられると、大抵の人は誤魔化す余裕を失うはず。

私は固唾を呑んで彼女の次の言葉を待つ。

「カナニーア様は楽観視したいようだけど、残念ね、三番目の腹違いの兄が飛狼竜を望んでいるのは事実だわ。ゴーヤン王国では次期国王の座を巡って水面下で熾烈《しれつ》な争いが起こっていて、出し抜くために有益な駒を手に入れようとみな必死なのよ」

サリー王女は私の挑発に乗ってくれた。

ここが空中だという非日常感もあってか、黒幕の存在まで話してくれる。モロデイ国はゴーヤン王国と国交がないため、得た情報と知識が結びつかない。

けれども、ローゼン国の騎士であるタイキならこの情報を活かす術《すべ》を知っているだろう。後ろにいる彼に聞かせるように話を続ける。

「サリー様はその三番目のお兄様を慕っているから、こんな危険な真似をしているのですか？」

「恵まれているカナニーア様の考えそうなことね。あんな兄は大嫌いよっ！　いいえ、兄だけじゃないわ。……みんな嫌いだわ」

「ではなんのために従っているの？　脅されているのですか？」

もしそうならば、こちらから手を差し伸べればいい。小国のモロデイでは力不足だとしても、ローゼン国ならば彼女を救うことは可能だ。

サリー王女は首を小さく横に振り、何もかも諦めたような声で笑う。

「兄はずるい人よ。餌をまいて、その餌の旨みを知った人たちに『可愛いサリーが私の味方になってくれたら……』と囁く。母と母の一族は私に味方になってあげてと縋ってきたわ。王女として生まれたのだから、私たちを助けて当たり前という顔をしてね。最低な人たちだわ！」

ゴーヤン王国の王家は一夫多妻だと知っていたが、その内情は複雑なようだ。

きっと彼女は甘い汁を吸おうとする人たちに群がられるのだろう。どこの王家でも形は違えどよくあることだから想像はつく。

彼女の場合は、母親までも縋ってくるだけで守ってくれないからなおさらつらいのだろう。それでも、彼女はその最低な人たちを見捨てられない。きっと、王女としての矜持《きょうじ》ではなく優しすぎるのだ。

ちぐはぐな感じだったのは、無理して悪人に徹しようとしていたけれど、演じきれていなかったから。憎まれ口を叩くけど、単純かつ素直で憎めないのが本当の彼女。

だからといってこの状況が変わるわけではないけれど、知れてよかったと思う。

「飛狼竜を渡したら、サリー様はそのお兄様と一緒に国に戻るの？」

「兄は来ていないわ。自分の手は汚したくない人なのよ。谷で十人ほど待機しているけれど、そのあとのことはまだ聞いていないわ」

サリー王女の口ぶりからして、これ以上のことは知らないようだ。

「毒は命令だったの？」

「……愛していると嘘ばかりつく最低な人でも母だから守りたいの。でも大丈夫、解毒薬のことは本当よ」

つまりは遠回しに人質に取られて、命令に逆らえなかったのだろう。

彼女の境遇には同情はするけれど、その行動はやはり理解できない。私のこともそうだけど、飛狼竜がどんな目にあうかまでは考えていないのだろう。目の前のことでいっぱいいっぱいで先のことは考えられていない。

だからこそ、私は毅然とした口調で言い切った。

「サリー様。あなたは私が恵まれていると言いました。たしかにそういう部分もあると思います。でも、だからといって、他人に毒を盛ってよい理由にはなりません」

「それならどうしたらよかったのっ！　誰も教えてくれないのよ、縋ってくるだけで。賢いのなら教えてよ、誰か私を助けて。うっう……う、……私を利用しようとするのではなく、愛して……よ」

サリー王女はグレゴールの背に顔を埋めて嗚咽《おえつ》する。

私は彼女の歩んできた人生を知らないから、そのつらさがわかるなんて嘘は言わない。でも憎めない人なのはたしか。それは、短い間だけど彼女と接して思ったことだった。

「私はゴーヤン王国のことをよく知りませんから、何が最善か教えることはできません。でも、これだけは断言します。私はサリー様のことを嫌いではありませんし、利用しようとは思いません」

「……そ、そこは嘘でも好きとか言うべきではないの……？」

彼女は泣いているのか笑っているのかわからない声で尋ねてくる。

「嘘は嫌いでしょ？　サリー様は。ですから本当のことだけにしました」

「ええ、大嫌いだわ。ありがとう……、カナニーア様。こんな私を嫌わないでくれて……」

小刻みに震える彼女の背中にそっと手を置く。許したわけではないけど、幼子《おさなご》のように見えて、放っておけなかったのだ。

必要な情報は聞き出せたから、これ以上私がここでできることはもうない。確認のために振り返ろうとすると、赤い髪が私の頬に触れているのに気づく。もし勢いよく振り返っていたら、たぶん、彼に口づけてしまっていただろう。

振り向くのをためらっていると、タイキが寄り添うように顔を並べてくる。……っ、近すぎるわ……

サリー王女に聞かれないためだとわかっているけれど、頬が染まっていく。もし指摘されたら風に煽《あお》られているせいにしようと思っていると、彼の息が私の耳にかかる。

「罪人相手に甘いが、カナニーア王女らしいな。……仕上げをしてもいいか？」

何をするのか彼に聞き返すことなく私はうなずいた。彼が私を信じてくれたように、私もタイキを信じている。

「サリー王女、関係のない者を巻き込んだ罪は重い。カナニーア王女に言うべき言葉がまだあるはずだ」

タイキが発した低い声に、サリー王女はビクッと肩を震わせる。それは彼の冷たい口調に怯えたからではなく、自分が忘れていたこと――しなくてはいけないこと――に気づいたからだ。

「カナニーア様、本当にごめんなさい……」

彼女は振り返ることなくその身を震わせていた。こんな形で出会わなかったらよき友人になれていたかもしれない。

私は赦《ゆる》しの言葉を紡ぎはしなかった。そんな言葉は誰の救いにもならない。けれども、拒みもしなかった。

タイキは私の体を包み込むようにきつく抱きしめてから、グレゴールに何かを命じた。すると、グレゴールの飛行が不安定になって揺れ始める。これも仕上げの一部なのだろう。

サリー王女はグレゴールの首元にしがみついて叫び始める。ひとりで抱えていたつらさを吐き出したから、また翔《と》ぶ恐怖を感じるようになったようだ。

「カナニーア王女は怖くないか？」

彼は心配して、すぐに声をかけてくれる。

「はい、大丈夫です。タイキ様がこうして支えてくれていますから」

私は彼の腕に、不自然に思われないようにそっと自分の手を重ねる。そして、出逢ったときに助けてくれたこと、こうして抱きしめてくれていること、私と一緒に来てくれたこと、そして私に恋をさせてくれたこと、……すべての想いを込めて返事をした。

きっとそれは伝わらない。それでも、これが最後になるかもしれないから想いを言葉にしておきたかった。

「ずっと支えていく。これから先もずっとだ、カナニーア王女」

タイキは安心させるために耳元で優しく囁く。

「……ありがとうございます、タイキ様」

タイキの言い方は本当にずるい。また勘違いしそうになってしまう。いろいろな想いがこもった涙を、私は気づかれる前にそっと拭った。

そのまま飛行を続けていると、近づいてきたネピール谷から煙が立ち上っているのが見えた。

「狼煙《のろし》だわ。あそこに降りてちょうだい」

どうやら決められていた合図のようで、サリー王女が下を指しながらそう告げてくる。

グレゴールが降り立つと、ローゼン国の服装をした十名ほどの男たちが待ち受けていた。

明らかに異国の顔立ちである彼らはみな腰に剣を下げている。顔を隠していないということは、私たちを解放する気はないのだろう。

「サリー姫様、兄君とのお約束では二頭連れてくるはずですが……」

グレゴールの背から降りると、ひとりの男がサリー王女に声をかけてくる。彼はヒョロっとした体形で指も綺麗で細いから、おそらく文官で、男たちの中で立場が一番上なのだろう。

「飛狼竜はとても扱いが難しくて、一頭しか連れてこられなかったのよ」

「はぁ……、困りますね。私が叱責されてしまいます」

丁寧な口調だけれど、自国の王女に対してずいぶんと不遜な態度を取っている。やはり兄君の駒くらいにしか彼女は思われていないのだ。

「自分の心配ばかりなのね。はっ、自分たちだけでは飛狼竜を連れ出せなかったくせに。嘘でもいいから、労《ねぎら》いの言葉くらい言ったらどうなの？」

「それは約束を果たした者にかける言葉です。なので、控えさせていただきます」

……ひどい扱いだわ。こんな環境の中で育ったにしてはサリー王女はまっすぐだ。ゴーヤン王国の闇に染まることをよしとせず、彼女なりに頑張っていたのかもしれない。

サリー王女と話していた男が私たちのほうに目を向ける。

「飛狼竜を渡してもらいましょうか。でも、その前にそいつにこの眠り薬を飲ませてください。我々も命が惜しいので。それと、腰にある物騒なものは念のため預からせてもらいます」

男はタイキに向かって、薬が入った小瓶を投げつけてきた。タイキが腰に差している剣を外すと、背の低い男がひったくるように剣を奪っていく。

何かあったときに備えてタイキは、私の隣にぴったりとくっつくようにして立ってくれている。

「その前に解毒薬のことを教えろ」

「眠り薬が先です、飛狼竜に乗って逃げられたら困りますので。時間が惜しいですから、早くお願いします。ああ、時間が惜しいのは私どもだけではなかったですね。毒を飲んだのはそちらの女性ですか？　おかわいそうに」

男は私を横目で見ながら、まったく心がこもっていない言葉を口にする。

「グレゴール、〟＊※＝，」

タイキが瓶から出した薬を放ると、グレゴールは迷うことなく飲み込んだ。

即効性のある薬なのだろう、待機している男たちは様子を窺いながら慎重に近づいていく。グレゴールは男たちを警戒するように一瞥するが、立っていられなくなったのか、その体を地面に横たえる。

「早くここを離れましょう。ほかの飛狼竜たちの薬が切れてしまったら追ってくるわ。解毒薬の配合を書いた紙はこれよ、カナニーア様。今日中に飲めば十分に間に合うから安心してちょうだい」

「その必要はありません」

サリー王女が隠し持っていた紙切れを胸元から取り出すと、男は手を上げてそれを制す。彼が解毒薬を持っていると解釈した彼女は、男に向かって手を出し催促する。

「持っておりませんよ。サリー姫様は本当に愚かですね」

「えっ？　いったいどういうつもりなの！」

答える代わりにせせら笑った男に対して、サリー王女は食ってかかる。

普通は自国の王女に対して不敬な態度を取る者がいたら、誰かしら諫《いさ》めるものだ。しかし、ゴーヤン王国側は誰も王女のために動かない。

そう、彼女のために動いたとしても意味がないからだ。

飛狼竜を手に入れたら、私とタイキのことは始末するのだと薄々感じていた。しかし、まさか自国の王女まで消すつもりだとは思っていなかった。

タイキと私は目を見合わせて、同じ答えに辿りついたと確認する。

「最初から切り捨てるつもりだったのか？」

誰をと、タイキはわざわざ言葉にしない。でも意味が十分に通じたことは男の表情からわかった。

「はい、そうです。ゴーヤン王国の行き遅れ姫が、ローゼン国の飛狼竜騎士と愛の逃避行を企《くわだ》てたというのはいかがでしょうか？」

「陳腐《ちんぷ》な脚本だな。サリー王女が毒で脅して飛狼竜を盗み出したのを目撃した者がいるが、どうするつもりだ？」

「愛し合うふたりの三文芝居《さんもんしばい》ということにいたします」

薄ら笑いを浮かべながら男はスラスラと答えていく。やっと自分の置かれた状況に気づいたサリー王女は、茫然自失となりその場にへたり込んでしまう。

「巻き込まれた憐れな被害者の死体がいい話題になりそうだとは思いませんか？　モロデイの第一王女様」

男はタイキの隣にいる私を見ながらにやりと笑う。

サリー王女が私の名を何気なく呼んだときに、彼の目がわずかに見開いたから、嫌な予感はしていた。後宮の華候補としてモロデイ国の王女が残っていることを把握していて、私が誰か気づいてしまったのだろう。

今さら誤魔化すことは難しい。それならモロデイ国の王女として毅然と対応するだけだ。

「モロデイ国と事を構える覚悟があるということでしょうか？」

「そんなつもりはありません。これはローゼン国で起こったことですから、言うなればゴーヤン王国も被害者です。大切な姫を飛狼竜騎士に誑《たぶら》かされたのですから。モロデイ国と一緒になってローゼン国へ抗議いたしましょう」

その場しのぎで答えているのではなく、最初から綿密に計画していたのだろう。証拠がなければ――私たちを消せば、どうとでもなると言いたいのだ。

「賢明だとは思えませんので、考え直すことをおすすめいたしますわ」

「ご理解いただけなくて残念ですが、理解していただく必要はないので問題ありません」

「……ちょっと待ちなさい！　なんなのよ。私は聞いていないわ。こんな勝手な真似をして許されると思うの！　兄上は絶対に許さないわ」

我を取り戻したサリー王女は睨みつけるが、男が動じる様子はない。

「これは兄君である第三王子の命令です。あなたは愚かすぎるので駒として使えないと判断されたのですよ、サリー姫様」

彼は片膝をついてしゃがみ込み、わざわざサリー王女と視線を合わせる。

「あ、あっ……うそ、……うそっ、いやあー!!」

サリー王女の悲鳴が谷に響き渡り、木々に止まっていた鳥が一斉に飛び立っていく。ゴーヤン王国の者たちの視線が私とタイキから一瞬だけ逸れる。

タイキはその瞬間を見逃さなかった。

「合図したらその場で伏せろ」

すぐに男の視線が私たちに戻り、私は返事をすることも、ましてや合図とはなんなのか聞き返すこともできなかった。

男は上に立つだけあって抜け目がない。何かを察したら見逃すことなく、すぐさま誰かが殺されるだろう。武術の心得がない私が今できるのは足手まといにならないようにおとなしくすることだけだ。

――タイキを信じている。

それだけはどんな状況でも揺るがない。

「忠告しておく。必ずローゼン国は真実に辿りつくぞ、考え直すなら今のうちだ」

「我がモロデイ国もだまされはいたしません。小国だと侮《あなど》ってもらっては困ります」

「そ、そうよ！　ローゼン国にバレたらゴーヤン王国は終わりだわ！　モロデイ国はともかくとして」

こんなときでもサリー王女は一言余計で、私とタイキは揃って小さくため息をつく。

サリー王女の発言にゴーヤン側から失笑が起こり、張りつめていた空気が緩む。

「母国の心配をなさるとは王女の鑑《かがみ》ですね、サリー姫様。では、あの世から我が国の行く末を案じてください」

「ヒィッ……」

男がさっと右手を上げると、後ろにいる五人の男が一斉に腰から剣を抜く。剣を取り上げられたタイキは丸腰だった。屈強な五人の男たちの顔には余裕の笑みが浮かんでいる。

残りの者たちは眠っている飛狼竜の巨体を荷台に積むのに必死で、こちらの動向など気にしてすらいない。

「モロデイの王女の死体はこの場に捨て置いて、ふたりの死体は荷台に。飛狼竜の餌にすれば証拠を残さずに一石二鳥ですから」

「飛狼竜は食わんぞ」

男たちはタイキの発言を命乞いだと受け取ったようでせせら笑う。サリー王女と同じく飛狼竜の強さも賢さも性格もよく知らないようだ。

「俺は嘘は言わない——信じろ」

『俺を信じろ、カナニーア王女』という言葉を思い出す。

飛行訓練で叫んでいるとき、私が戸惑ったり落ち込んだりしているときに、タイキが何度となく私に告げた言葉。あの赤い眼差しとその力強い言葉は、どんなときも私に力を与えてくれた。

……そう、これが彼からの合図だわ！

私は覆いかぶさるように、サリー王女を押し倒してその場で伏せる。

「ぎゃっ、何をするのよ。痛いじゃない……」

「動かないで、サリー様！」

それと同時にタイキの一番近くに立っていた男が、くぐもった唸り声を上げてその場で崩れ落ちた。彼の首には細い何かが刺さっていて、おそらくタイキが隠し持っていた暗器を敵に向けて放ったのだろう。この状況で正確に急所を捉えるなんて……

タイキは倒れた男の手から剣を奪い取るやいなや、ゴーヤンの男たちを次々と相手にしていく。その動きは俊敏で、多勢に無勢なのに彼のほうが勝っているのは明らかだった。

「そっちはあとだ！　まずはこの飛狼竜騎士を殺すんだ」

思い描いた展開ではないことに気づいた男はあとずさりしながら、飛狼竜を荷台に積む男たちを見ないまま命じる。だが、彼らからの返事はなく、その代わりに叫び声と唸り声が聞こえてくる。

「うわぁーーー、助けて……」

「グガルルウウウ……」

グレゴールの足元には吐き出された薬が散らばっている。

飛狼竜は命令に忠実だけれども、それは命令されたことしかやらないということではない。状況に応じ自分で考えて行動することだってできるのだ。

「薬が効いてないぞ、逃げろっ！　ぐっ……」

飛狼竜を任されていた男たちは騎士ではないのだろう。馴れない手つきで剣を持ち、突然目覚めた飛狼竜に対抗する。

だが、そんなものは意味がなかった。飛狼竜の体は硬い鱗《うろこ》で覆われているため、剣を刺すにはその鱗《うろこ》と鱗《うろこ》のわずかな隙間を狙うしかないのだ。この状況でそんな神業《かみわざ》を行える者などいない。

グレゴールとタイキによって、ゴーヤン王国の者たちは次々に倒されていく。

「見て！　カナニーア様。きっと私たち、助かるわ。神様はやはり見てらっしゃるのよ」

サリー王女の興奮した声に、戦いに加わっていなかった男が反応する。

彼はゆらゆらと立ち上がると、腰から剣を抜く。その手つきは心もとなく、剣を使うことに不慣れなのがひと目でわかるが、剣を振るうことに躊躇しなさそうな目つきをしている。

……まずいわ。

私は立ち上がってサリー王女の腕を引っ張る。

「腰が抜けて立てないのっ。お願い、ひとりにしないで……」

「見捨てたりしないわ。だから、私に掴まって立って！」

「おやおや、モロデイの王女様は賢い方かと思っていましたが……。サリー姫様を見捨てないとは、物の価値を知らない方でしたか？」

嫌な笑みを浮かべた男は迷うことなく私の首に剣を当てる。モロデイの王女を人質にして、この場から逃れようとしているのだろう。

「買いかぶりすぎですわ。私はそれほど賢くありません。ただ、人を物扱いするほど愚かではないと断言できますが」

「命乞いせずに王女として矜持《きょうじ》を保ち続けるとはお見事です。妹の陰に隠れていた第一王女なんて、つまらない方かと思っていましたが、噂とは当てになりませんね」

「いいえ、噂通りですわ。こうして愚かな人に捕まってしまっているのですから」

「ご謙遜を」

男は挑発に乗ってこなかった。人として冷酷だが、臣下として優秀なのは間違いない。

けれど、どんなに注意深い人でも会話をしているときは、意識をその相手に向けてしまう。それだけで十分だ。

「余裕ですね。いったい何を考えているのですか……」

私の態度を不審に思ったらしい男は尋ねる。

「何も。私は邪魔をしないだけですわ」

「……？」

剣を突きつけている状況に油断しているのか、男は気づかない。ゴーヤン王国側の最後のひとりが今まさに地面に倒れ伏したことに。

「グレゴール、＆％”」

タイキの命令で、グレゴールの細い尻尾が鞭のようにしなり、男の剣を叩き落とす。そして落ちた剣から守るかのように、たくましい腕が私の体を強く引き寄せる。

同時に彼は足で男の腹を蹴り上げた。細い体は宙に浮いてからドサリと落下し、男は白目を剥《む》いて唸っている。

――勝負がついた。ゴーヤン王国側が圧倒的に有利だったはずなのに、タイキとグレゴールの連携の前にはその数は無意味だった。

タイキは私を助ける絶好の機会を待っていたのだ。わざと苦戦しているふりをして、男の注意がより私に向けられる瞬間を。

「痛みはないか？　出血してないが、どこか痛いところがあったら言ってくれ。カナニーア王女」

タイキの腕の力が緩むことはない。私の顎に優しく手を添えて上を向かせ、覗き込むように首を見た。彼の吐息は熱く、その息が私の首にかかる。嫌ではないけど、でも……

「ど、どこもないです。それに血が出ていないのなら、怪我はしていませんから！」

恥ずかしくて目を合わせられない。顎を押さえられていてうつむくこともできず、不自然に視線が宙をさまよい続ける。

……ま、まだかしら……

十分すぎるほど確認してから、やっとタイキは私を離してくれた。

そして、手早くゴーヤン王国の者たちを縛り上げて、馬車の荷台に積んである檻《おり》へ彼らを入れる。

飛狼竜用に頑丈に作られているから、逃亡はできないだろう。

それから、タイキはまだ地面に座ったままのサリー王女へ近づいていく。

彼女だけは縛られていなかった。ここに置いていけば、その命が脅かされると判断したから一緒に連れて戻るつもりなのだろう。

「解毒薬について教えろ、サリー王女」

「これが配合よ。どこにでもある薬草だから宿に戻れば手に入るわ」

サリー王女が差し出した紙切れを、タイキは自分の懐へ入れる。

「もし嘘だったら、あの言葉を実行する」

「ヒィッ！　う、嘘じゃないわ。カナニーア様を私も助けたいもの」

あの言葉とは耳を削ぎ落とし……だろう。それがただの脅しだとわかっている私は、ふふっと笑ってしまう。

「脅しすぎはよくないですよ、タイキ様」

「本気だ」

タイキが真顔で言うと、サリー王女はまた悲鳴を上げる。それから彼女はゴーヤン王国の者たちがいる檻《おり》へ歩いていった。私は彼女を止めずに、少し離れたところから会話を聞く。

「サリー姫様は本当に愚かですね。ローゼン国が、あなたの罪を不問にすることは絶対にありません。結局、あなたの居場所なんてどこにもないのですよ。我が国にもローゼン国にも、どこにも」

「……罪は償うわ。居場所がなくとも、私のことを嫌いじゃないと言ってくれる人がいる。それだけで十分だわ」

「操り人形は卒業ですか？　まあ、いいです。特等席で私たちの最後をお楽しみください」

「特等席？」

次の瞬間、檻《おり》の下から鉄の棒が突き出て中にいる者たちの体を貫く。

苦痛の叫びが一瞬上がったが、すぐにそれも消えた。万が一飛狼竜が暴走したことを想定して、この仕掛けを作っておいたのだろう。

咄嗟にサリー王女は扉を開けるが、もう誰も動いてはいなかった。第三王子への忠義なのか、それとも駒として処分される前に自ら死を選択したのか。その答えを知る日は永遠に来ない。

「これは私のせいなの……」

「サリー様、それは違います。……ただゴーヤン王国の問題という意味では、無関係ではありません。王族という地位には責任が伴いますから」

彼女のために、その場しのぎの救いの言葉など言わなかった。どんなにつらく残酷な現実だとしても目を背けてはいけないのだ。理不尽な境遇を嘆くだけでは変われない。彼女はちゃんと考えなくてはいけない、これからのために……

「行きましょう、タイキ様が待っているわ」

私が促すと、サリー王女は自ら立ち上がる。彼女はふらふらになりながらも、その足を止めることはなかった。今、優先するべきこと——解毒を第一に考えてくれたのだ。

罪は消えなくとも背負うことはできる。彼女は変われるかもしれない。そんな彼女を見てみたいと思ったそのとき。

——ドガッ。

何かが勢いよくサリー王女にぶつかった。

「自分だけ命乞いか？　……道連れだ」

それは、血塗れの男だった。仕掛けを熟知し急所を外していたのか、最後の力を振り絞って彼女に体当たりして力尽きた。

崖の上にいたサリー王女は宙へ投げ出される。私はどうか届いてと願いながら、彼女に向かって咄嗟に手を伸ばす。

「掴んでっ！」

サリー王女の手をなんとか掴めた。馬にひとりで乗れないほど運動神経が悪いのに反射的に動けるなんて、まさに奇跡だ。

かろうじて、彼女のつま先だけが地面に踏みとどまっている。ぐいっと腕に力を込めて彼女の体を思いっきり引っ張るけれど、引き寄せられない。

「は、離さないで……」

「助けるわっ、だから諦めないで！」

このままではふたりとも落ちてしまう。でも手を離せば落ちるのはひとりだけで済む。

——どうするかなんて、考えるまでもない。目の前に助けられる命があるならば、見捨てるという選択肢は私にはない。

「しっかり掴まっていて、サリー様」

「もちろんよ、絶対に離さないわっ！」

歯を食いしばって腕に力を込めると、サリー王女の体がこちらへ傾き、私とすれ違う。彼女の体が地面に勢いよく倒れ込むと同時に、その反動でくるりと半回転した私の体は背中側から投げ出される形で完全に宙に浮かんだ。

「……カ、カナニーア王女っ、&%$""」

「カナニーア様！」

私の名を呼ぶふたりの声が重なる。

こういう場面では、時間がゆっくりに感じられると聞いていたが本当のようだ。一瞬の出来事なのに、彼女の悲痛に歪んでいく顔も、タイキの俊敏な動きもはっきりと目に映る。そして、ものすごい速さで私に迫ってくるグレゴールの姿も。

タイキは自分では間に合わないと判断し、より確実に助けられるグレゴールに命じていた。

——『守れ』とただひと言だけ。

唇を噛む彼は悔しそうに見える。まるで助ける役をグレゴールに譲りたくないと思っているかのようだ。それは手柄を欲している目ではなく、自分のこの手で私を守りたいのだと訴えている。

その想いが友情だとしても、彼の心に私がいる証だからうれしい。

グレゴールが私を傷つけないように優しく掴んでくれて、もう大丈夫だと安心する。しかし……

「私の手を掴むのよ、カナニーア様！」

何を思ったのかサリー王女がその身を目いっぱい乗り出してくる。

「馬鹿がっ、余計なことをするな！」

タイキが後ろから怒声を浴びせるが、助けようと必死になっているサリー王女はグレゴールが見えておらず、その声を無視する。

全力で駆けてくるタイキの手がサリー王女に届く前に、彼女は宙へその身を投げ出してしまう。

「えっ⁉　あっ、きゃー」

「チッ、くそがっ！」

タイキはすかさず地面を蹴ると、叫ぶ彼女を宙でしっかり抱き寄せ、ふたり一緒に崖下へ落ちていく。それは一瞬のことだった。

「グレちゃん、ふたりを追って！」

命じなくともグレゴールは私を掴んだまま降りていく。

思ったよりも高さはないけれど、崖下は硬い岩肌が剥《む》き出しだ。グレゴールが私の体を離すなり、重なり合って倒れているふたりのもとへ駆け寄る。

「タイキ様！　サリー様！」

「うっうう……。あら？　そんなに痛くないわ」

サリー王女は起き上がって自分の体を不思議そうに確かめている。どうやら怪我はないようだ。

「カナニーア王女、大丈夫か？」

「……っ！」

タイキは私の顔を見るなり叫ぶように問うてくる。彼が生きているという事実に泣きそうになってしまう。

「タイキ様、それは私の台詞《せりふ》です。あの高さからサリー様をかばって落ちたんですよ！　どこが痛いですか？　ぼうっとしたり、物が二重に見えたりしていませんか？」

この岩肌で怪我をしないわけはない。血は出ていなくとも、どこかを痛めているはず。心配で仕方がなくて矢継ぎ早に質問してしまう。サリー王女が無傷ということは、彼がその衝撃を受け止めたということだ。

「まずは俺の質問に答えてくれ」

こんなときなのにタイキは一歩も引かない。

「大丈夫です！　今度はタイキ様が答える番です」

焦る気持ちのままに早口で私が返事をすると、彼は頬を緩めて息を吐く。

「大丈夫だ、これでも騎士だから受け身くらいは取れるさ。それに日ごろから鍛えているから平気だ」

タイキは肘をついて身を起こすが、立ち上がらなかった。もし大丈夫ならすぐにでも動くはずで、彼らしくない行動に不安が募る。……もしかして立ち上がれない？

「ちょっと失礼します、タイキ様」

私は服の上からそっと彼の体を触り、その表情を見ながら確かめていく。すると、胸の辺りを触ったとき彼は歯を食いしばり顔を歪ませた。

心の中で謝りながら、私は肋骨を一本一本丹念に触っていく。

「たぶん、数本の肋骨にヒビが入っていますね」

医学に精通していなくとも、それくらいは判断できた。

「大したことはない、飛狼竜騎士なら誰だって経験済みだ。治療すればすぐに治る程度の怪我だ」

幸いにも折れた肋骨が臓器に刺さっていないから、彼の言う通り完治するだろう。しかし、問題はそこではない。

「……翔《と》べそうですか？　タイキ様」

「俺がこんな状態では三人で翔《と》ぶのは無理だ。だが、ふたりなら問題はない。グレゴールに乗ってサリー王女とふたりで戻れ。翔《と》ぶ前にグレゴールにしっかりと命じておくから大丈夫だ。絶対に振り落とされないから安心しろ」

「では、タイキ様はどうするのですか？」

「ここでおとなしく待っているさ。戻ったら、この場所にゾルドをよこしてくれ。サリー王女の悲鳴を聞かなくて済むんだから怪我の功名《こうみょう》だな。はっは……。っ！　痛てぇ。しばらくは笑うもんじゃないな」

呼吸するのも苦しそうなのに、タイキは大袈裟《おおげさ》に笑ってみせる。私を安心させるためではなく、誤魔化そうとしているのだ。

このネピール谷は、獰猛《どうもう》な肉食獣が数多く生息している場所だ。流れた血の臭いを嗅ぎつけたのだろう、崖上からかすかに咆哮《ほうこう》が聞こえてくる。今は飛狼竜がいるので近づいては来ないけれど、グレゴールが飛び去ったら手負いの餌を見逃すはずがない。崖下に来るのも時間の問題だ。

……こんなところに彼ひとりを置いてはいけない。

けれど無理矢理三人を鞍《くら》に括りつけては、ヒビが入ったタイキの肋骨が折れて臓器を傷つける可能性があり危険すぎる。

ふたりなら翔《と》べるとは、ふたりしか救えないということ。

『すべての民を救えないときは選ばなくてはならない。一部の者を切り捨てるということは、つらい決断だが、それも王族の責務。覚えておくんだ、カナニーア。優しいだけでは王族は務まらない』

幼いころ、父が私を膝の上に乗せて教えてくれたことだ。一度だって忘れたことはない。握りしめた手のひらに爪が食い込んでいく。

今までもさまざまな場面で決断してきたけれど、こうして誰かの命に関わることは初めてだ。罪を犯したサリー王女も助けたい気持ちは嘘ではない。でも、優先順位が上なのは裏切り者ではなくローゼン国の飛狼竜騎士。これが王族としての判断だ。

問題は私にそれができるかということと、タイキがそれを許すかということだ。

「ネピール谷には肉食獣がいますよね。だからタイキ様は置いていきません」

直接的な言葉は使わなくとも、タイキには私が言わんとすることがちゃんと伝わっていた。

「カナニーア王女、駄目だ。サリー王女を絶対に連れていけ。万が一、解毒が嘘だったときには拷問して吐かせる必要がある。それにこんなことは考えたくもないが、カナニーア王女の身に何かあったら、俺に代わってゾルドが切り刻む。ここで獣に襲われて楽に死なせたりはしない」

彼はやはりサリー王女を切り捨てることを許さなかった。

モロデイ国の王女の命を最優先に考えるのは、ローゼン国の騎士として当然の判断だ。

でも、たぶんそれだけではない。彼は私が王女として非情な決断を下せると、そして、一方でそれを望んでいないこともわかっている。

解毒を口実にして彼は、私の体だけでなく心も守ろうとしてくれているのだ。

――でも、私はタイキを守りたい。これは私の素直な気持ち。

この判断が王女として間違っているならば、考え直さなければいけない。けれど、幸運なことにそうではない。それならば、彼を説得するだけ。

私をまっすぐに見つめる彼の目は揺るがない。相反する主張を宿した眼差しがぶつかり合い、私と彼の間に緊張が走る。こんなことは初めてだった。

「タイキ様、私のためを思ってくれているのはうれしく思います。ですが――」

「本当は私のことが好きだったのね。だから、カナニーア様ではなく、私を身を挺《てい》して助けてくれた。今だって本心を隠して私を安全な場所に早く行かせようとしてくれている。……でも、ごめんなさい。助けてもらって感謝しているけれど、その気持ちには応えられないわ」

私の言葉を遮ったのは、ありえない妄想をしているサリー王女だ。

珍しくおとなしいと思っていたけれど、まさかタイキの行動をここまで都合よく勘違いしているとは考えてもいなかった。それに、彼女だって彼がルイカ王女を特別扱いしていると以前言っていたのに、どうしてそんな結論に辿りつくのか不思議で仕方がない。斜め上を行く思考に頭が痛くなる。

「タイキ様が愛しているのはルイカ様です」

「人の心は変わるものよ、カナニーア様」

「おい、馬鹿女。……は？　何を言ってるんだ、カナニーア王女。いや、待て、あとでそれは聞く。まずはこっちが先だ、とにかく待ってくれ」

三人の言葉が被ってしまった。

タイキが慌てている一方で、サリー王女は平然としている。馬鹿発言が自分に向けられたものだと思っていないようで、憐れむような視線を私に向ける。……おそらく違います、サリー様。

「タイキ様、いくらなんでもカナニーア様にそのような――」

「お前のことだ！　カナニーア王女は大切だから確実に助けられるグレゴールに任せたんだ。それに俺はお前を助けたわけじゃない。解毒の件がなかったら間違いなく見殺しにしていたぞ。くそっ、忌々しい勘違いしやがって。グレゴール、＆（＝～”！％」

「……」

グレゴールはタイキの言葉に抗うかのように動かない。

「グレゴール！」

「……グゥ」

再び名を呼ばれて、やっとグレゴールは歩きだした。その先には「て、照れてるのよね……？」とまだ勘違い——ではなく、現実逃避しているサリー王女の姿がある。

「何？　やめて、こっちに来ないで、いやー！」

グレゴールは抵抗するサリー王女を、とても嫌そうに咥えながらトボトボと私たちから少しだけ離れていく。どうやらサリー王女をおとなしくさせろと命令されての行動のようだ。哀愁《あいしゅう》漂うグレゴールの後ろ姿を見ながらその健気さに心を打たれていると、タイキが私の腕を掴んだ。

「で、さっきの愛している云々《うんぬん》とはどういう意味だ？　カナニーア王女」

自分から言っておきながら、改めて彼の気持ちを言葉にするのは胸が痛む。でも、大切に想っている人の存在を突きつけ、彼の心を揺さぶったら説得はしやすくなる。

「遠回しに言ってもサリー様には伝わらないので、タイキ様の想い人はルイカ様だと言いました。お気を悪くしましたか？」

「そんな嘘を誰に吹き込まれた？」

不穏な空気をまとったタイキは『その誰か』に殺気立つ。自分自身のことだと分かっていないようだ。

「ルイカ様は唯一無二で奇跡のような存在と、タイキ様が言いましたが、覚えていませんか？」

……あんな情熱的な言葉を紡いでいたくせに。

「くそっ、俺か……。言った、いや、だがな、断じてそういう意味じゃないからな！」

うろたえながらも、タイキは強い口調で否定してくる。では、どういう意味なのだろうとじっとりした目で見返すと、彼は片手で髪をかき上げながら昨日の自分に悪態を吐く。

「まず、俺はルイカ王女を愛していない。そして、ここからは俺の独り言だ」

これから話すことを公《おおやけ》にするなと言っているのだろう。私は黙ったまま小さくうなずく。

「なぜかわからないが飛狼竜は女に会うと尻尾をわずかに左に、男だと右に動かす癖がある。カナニーア王女、サリー王女のときは左だ。……そして、ルイカ・ミンサーのときは必ず右だ。ちなみにこの癖は百発百中だ」

「えっと、それって……。ごめんなさい、ちょっと待ってください。ものすごく混乱していて……」

もし目の前に鏡があったら、目も口も丸くしている私が映っているだろう。まずは深呼吸を繰り返してから、頭のなかを整理していく。

ミンサー国の民族衣装は首元が覆われていて喉仏は見えない。

ルイカ王女は線が細いのに、少女とは思えないほどの怪力。そして、飛狼竜たちは彼女を男性と認識しており、飛狼竜騎士たちも男同士だからとあまり気を遣わずに彼女との距離が近かった。あんなに可愛い子が男の子だったなんて信じられないわ……

「まさに奇跡ですね……」

思わず、以前タイキが言っていた台詞《せりふ》を私もつぶやいていた。まさかこういう理由があったとは驚きである。

「まあな、唯一無二の化け物ともいえるがな。とりあえずミンサー国の目的がわからないから泳がせている。誤解だとわかってくれたようで本当によかった」

彼がルイカ王女を愛していないからと言って、私の恋が叶うわけではない。それでも笑みが溢れた。

しかし、これで彼を説得する有効な手段がなくなったのも事実だ。どう説得するべきかと考えていると、彼がまた話し始めた。

「それと、この前言いそびれたことも言っておく」

「何かありましたか？」

心当たりがまったくなく聞き返すと、彼は私に柔らかい笑みを向ける。他意がないとわかっていても、私の心臓は勝手に早鐘を打つ。

「カナニーア王女は凛としているのに可愛らしくて、大胆かと思えば繊細で、そのうえ飛狼竜を手《て》懐《なず》ける天才だ。まさにローゼン国の妃にふさわしい。モロデイの至宝と出逢えたことを、俺は神に感謝している」

彼はそう言うと、うやうやしく私の手の甲に口づける。

「いいえ、違います。モロデイの至宝とは第二王女のことで――」

「違う、真の至宝はカナニーア王女だ。きっと今ごろモロデイ国でもみな気づいているだろう。だが、ローゼン国で最初に気づいたのは俺だ」

彼が語る私は、私ではなくほかの誰かのことのようだ。それほどまでに彼の言葉は甘くて心地よくて、私の心をいとも簡単に舞い上がらせる。

……叶わなくても、恋に落ちてよかった。泣きそうになるほどうれしくて、でも苦しくて、それなのに私は微笑んでいた。

「だから、俺をここに置いていけ。カナニーア王女」

タイキの口調がガラリと変わる。ふわふわとした気持ちを残しながらも本題に引き戻される。

「カナニーア王女は絶対に失えない唯一無二の存在だ。解毒が済んでいない状況で、その知識を有しているサリー王女を切り捨てることはできない。嘘をついていないと証明できない限り」

彼女が嘘をついているとは思っていないが、信じるだけではなんの証明にもならない。

彼は解毒薬の知識がある者を残すことを絶対に受け入れない。でも、彼を残してはいけない。

「では、サリー王女はグレゴールに掴んで運んでもらいましょう。タイキ様は私の前に乗ってください、支えますから。そうすれば、三人で戻れるはずです」

どちらも譲らないのなら、最善でなくとも歩み寄るしかない。

なんとかしてみせる。こんなことを想定した訓練は行っていないが、私の未熟な部分はグレゴールが補ってくれるだろう。タイキが操縦できなくとも、私に指示してくれればいい。きっと大丈夫。

「いいか、よく聞け。怪我をした俺は、翔《と》んだら気圧差で確実に気を失う。つまり重いだけのお荷物でしかない。俺が気絶している間に痛みで唸りはじめたら、相棒であるグレゴールは動揺してしまう。ふたりだけでも楽観視できない状況なのに、俺がいたら危険が増すんだ」

「そのときは私がグレゴールに命令を出して落ち着かせます！」

私は身を乗り出して訴える。訓練ではできていたのだから今回だってできるはずだ。自信はなくともやり切ってみせる。

「カナニーア王女の発声は正しいときばかりじゃない。飛行訓練でグレゴールが振り返ったときがあっただろ？　あのときは俺が後ろでうなずいたから察して降りたんだ。グレゴールは賢いが、失敗するときもある。そして、モロデイの至宝を守るのが俺の務めだ。だから、より確率が高いほうを選ぶ」

自分の不甲斐なさが悔しくてたまらなかった。

タイキは頑《がん》として私の言葉を受け入れない。そして、話は終わったとばかりに少し離れた場所にいるグレゴールに向かって命じる。その言葉がいつもと違って会話のように長いのは、ここにひとりで残るつもりだからだ。彼の覚悟が伝わってくる。

グレゴールがサリー王女を咥えたままこちらに向かって歩き始める。

「……カナニーア王女、また会おう」

タイキは痛みで顔をしかめながら、平気で嘘をつく。ここに残ったら二度と会えないのに……

私は彼の頬を両手で挟んで、その唇に許可なく自分のものを重ねる。咄嗟のことに、怪我をしていた彼は反応が遅れた。

——パシッ。

タイキは自分の頬に添えられた私の手を優しく払い、赤い目を見開いて私を凝視する。彼が姿勢を保っていられなくなると、私は彼の上半身に両腕を回してそっと横たえた。

「何を飲ませ……たん……、だ。カナニーア……」

「タイキ様、薬を隠し持っているのは、ゴーヤンの王女だけではないのですよ」

彼の瞳には私がどう映っているのだろうか……

愛しい人はゆっくりと瞼を閉じていった。

六章　溢れる想いを君に

……っ……体が重い。なぜだ……

靄《もや》がかかったように意識がはっきりとしない。まるでどこかに沈んでいたみたいだ。いつも寝覚めは悪くないのにどうしてだと訝しみながら、俺――タイキはゆっくりと覚醒していく。

「……っ、カナニーア!!　ぐっぅっ……」

「おい、いきなり起きるな。肋骨四本にヒビが入っているんだぞ」

「カナニーア王女はどうなった、解毒は間に合ったのか！　ゾルド、現状を報告しろ！」

意識を取り戻した俺は、自分の体がなぜ痛むのか、瞬時に思い出す。

ネピール谷で負傷した俺は無様にも薬を盛られた。油断したのではなく、愛しいカナニーアからの別れの口づけだと思い受け入れてしまったのだ。

『モロデイの王族にとってはただの痛み止めですが、ほかの人たちにとっては眠りを促すものでもあります』

『……やめ……ろ。自分のことを優先する……んだ』

『また会いましょうね、タイキ様』

『……カナ……』

これが俺と彼女が交わした最後の会話。

眠りに抗うことができずに瞼を閉じると、柔らかい感触をまた唇に感じた。

同時に、グレゴールの低く唸る声が聞こえてきたような気がする。相棒との繋がりが強い飛狼竜はどんな事情があろうとも、目の前で相棒の騎士が意に反して薬を盛られたら、怒りで攻撃的になってもおかしくない。本気の怒りを前にしては、馴れている飛狼竜騎士だって恐怖を感じてしまうほどだ。

けれど今、俺がここにいるということは、たぶんグレゴールが運んできたということだ。カナニーアはグレゴールに襲われずに、しっかり制御したのだろう。目の前にいるゾルドに焦った様子がないのが何よりの証拠だ。頭ではそれを理解しているが……

――カナニーアに会いたい、この目で彼女の無事を確かめたい。

焦る気持ちのまま立ち上がろうとすると、胸に鋭い痛みが走った。

「落ち着け、タイキ。無理に動いたら肋骨が折れるぞと言っても無駄だろうから、まずは一番知りたいことを教える。カナニーア様は無事だ、解毒も終わって後遺症も一切ない。だが、もうこの宿にはいない。ただひとりの後宮の妃候補として予定通り王宮に向かった」

解毒が間に合ったと知って肩から力が抜け、おとなしくベッドに座り込む。聞くべきことは山ほどあるが、とりあえずカナニーアの無事が確認できてよかった。

「俺がここに運ばれてから何日経った？」

「三日だ。ちなみにカナニーア様が飲ませた薬の影響じゃないぞ。今回の件を知った蒼王が『馬鹿の怪我を悪化させるな』と言ってきて、俺の父上が一服盛った。まあ、ふたりともお前を心配してだ。子供みたいに恨むなよ」

「チッ、……わかってるさ」

父上と騎士団長のふたりは俺の性格を把握している。それが親心だとわかっていても、やはり釈然とはしない。後宮の華候補としては予定通りの行動だとしても、俺が眠っている間にカナニーアがいなくなってしまったなんて――いつかこの借りは返す。

「はぁ？　タイキ、わかってるって意味わかってるか？」

ゾルドが呆れて俺を見るが無視する。今は些細なことにかまっていられない。

「まっ、いいか。俺は関係ないし。それでどっちの報告から聞く？」

ローゼン国、ゴーヤン王国、モロデイ国、そしてミンサー国の偽りが複雑に絡み合っているから、政治的な配慮という名の駆け引きがあり、公《おおやけ》の対応と実際のところは違うということなのだろう。他国の弱みを外交の切り札として取っておくのはよくあることだ。

「まずは表向きの話をしてくれ」

状況を正しく把握しなければ過《あやま》ちを犯してしまう。

人間ならば誰しも間違えることはある。だから、その結果を背負って挽回すればいい話なのだが、カナニーアに関してはそんなふうに考えられない。

こんなに余裕がない自分はいつぶりだろうか。そうだ、調教中のグレゴールに逆さ吊りにされて以来だ。あのときは命の危険があったから必死だった。

そして今は、一生をともに歩みたい人を手に入れたくて、必死になっている自分がいる。

気づいたら、彼女の残した感触を探すように自分の唇に指を当てていた。

一度目の口づけは俺を眠らせるため。だが、あの二度目が夢でないのならば、カナニーアも俺と同じ気持ちだと思ってもいいだろうか……

ゾルドの咳払いが聞こえてきたので、俺は口元から指を離す。

「三人で翔《と》んだのは訓練の一環で、飛狼竜騎士の怪我は訓練中の些細な事故。サリー王女は不幸にも体調を崩してこの宿で療養中で、自ら辞退したルイカ王女は帰路の途中。そして残ったカナニーア様は、予定通りに後宮の華候補として王宮に向かった。以上」

ゾルドが告げた事実は予想していた通りだった。

ゴーヤン王国についてどう対処するかは、実際に毒を盛られたモロデイ国側の意見を無視するわけにはいかないから、ローゼン国だけで決められない。両国間で結論を出すまで、サリー王女の処分は保留だから表向きは療養となる。

ただ、ルイカ王女のことは引っかかった。

ローゼン国がやすやすと帰したということは、何かを探っていたわけではないのだろう。仮に事情があって誰かの身代わりとしてきていたならば、妃候補として参じたという形だけ残し早々に辞退しようと考えるはずだ。なぜここまで残ったんだ……？

「あっはは、やっぱりそこ気になるよねー」

俺の表情から察したのだろう。ゾルドはにやにやした顔で、偽りが判明した経緯を話した。

騎士団長がそれとなく揺さぶりをかけたら、ミンサー国側は真っ青になって性別を偽っていたことを平身低頭で謝罪してきたのだという。

「実はさ、本物のルイカ王女は相当なお転婆で家出中らしい。で、瓜ふたつの双子のルイト王子が代役として送り込まれた。当初の予定では体調不良で初日に帰国するつもりだったのに、ルイト王子がぐだぐだと先延ばしにしていたって、ミンサー国の人たちが涙目で愚痴っていたよ」

……嫌な予感しかない。俺は眉をひそめてゾルドの続きの言葉を待った。

「それでさ、先延ばしにしていた理由が恋をしたからだって。可愛すぎるよなー。なんでも、初日にサリー王女に絡まれても凛としているカナニーア様を見て、好きになっちゃったらしいよ」

「異常に距離が近いと思っていたが。やっぱり下心があったんだな」

「下心があったのはタイキも同じだろ？　それに、しっかりガードして自分が一番いいポジションにいたくせに」

さっさと服を引っ剥《ぱ》がして追い返せばよかったと歯軋りしていると、実は後日談もあるんだと、ゾルドは楽しそうに続ける。

「ここを去る前にルイト王子は身分を明かして、結婚の申し込みをした。あっ、もちろんカナニーア様にだから。俺にじゃないよ！」

意味もない念押しをするゾルドにいらつくが、今はコイツにかまってなどいられない。不慮の事故に見せかけてルイカ王女もといルイト王子を殺《や》っておかなかったことを本気で後悔する。いや、これからでも遅くはないか……ローゼン国からミンサー国への道程を考えれば、まだローゼン国の領土から出ていないはずだ。

「……殺気を出すのはやめろ、タイキ」

「お前に向けていないから安心しろ」

ローゼン国としてミンサー国の行為を見逃そうが、俺個人としてはまた別だ。見る目があるルイト王子は、このまままっすぐに成長すればミンサー国にとってよい王族になるだろう。惜しい人材だが、仕方がない。危険な芽は早めに摘み取るべきだというのは、極々一般的な意見だ。

「いやいや、そっちのほうが問題あるから！」

「旅の途中に子供が失踪するのはよくあることだ」

「いや、ないから。そして、話は最後まで聞け。カナニーア様は断ったからな！　ルイト王子に向かって、可愛い弟のような存在だとはっきり言ってたぞ」

「それを早く言え」

ルイト王子のがっかりした顔を想像してほくそ笑んでしまう。ゾルドは呆れたようにつぶやく。

「……子供相手に大人げないな」

「あと数年で大人になる」

「……器が小さいぞ、タイキ」

なんと言われようがかまわない。カナニーアの周りをブンブンと飛ぶ羽虫は、年齢身分問わず全力で叩き落とすだけだ。

まあ、表向きの話はもう十分に把握できたから、次は裏——実際のところを知りたい。俺が眠っている間に何があったのか、どうやってここまで辿りついたのだろうか。

「実際のところどうだったのか、報告してくれ」

「あの日、白い粉の影響が切れた飛狼竜たちに乗って捜索を開始しようとしていたまさにそのとき、グレゴールが戻ってきたんだ」

語りはじめたゾルドの口調は、さっきとは打って変わって真面目なものだった。

グレゴールの背にはカナニーアと気を失った俺が乗っていて、前足で掴まれたサリー王女は失神している状態だった。カナニーアは到着するなり状況を簡潔に説明し、俺とサリー王女の手当をするようにと告げてから、解毒を受けたという。

「カナニーア様はまず『ローゼン国の飛狼竜騎士と飛狼竜のおかげで助かりました、心より感謝申し上げます』と騎士団長に深々と頭を下げたよ。その一方で、グレゴールは明らかに様子がおかしかった。カナニーア様の言葉通りならば活躍しかしていないはずなのに、とてもじゃないけどそんなふうには見えなかった」

たしかにグレゴールの性格なら素直に胸を張っているはずだ。やはり何かがあったのだろう。

「サリー王女はなんと言っていた？」

「これはあくまでもサリー王女の話だけど……」

ゾルドはそう前置きしたあと、俺が意識を失っている間に起こったことを語りはじめる。

ネピール谷で、グレゴールは咥えていたサリー王女を離した途端、カナニーアに勢いよく飛びかかり地面に強く押さえつけた。

『グルルルゥ……』

カナニーアはグレゴールから目を逸らすことも、叫ぶこともしなかった。恐怖で固まっていたのではないようで、こんな状況なのに微笑んでいた。

『グレちゃん、タイキ様は痛み止めで眠っているだけだから大丈夫。彼は私を守るために自分が残ろうとしていたの。でも、私は絶対に彼を置いてはいけない。お互いに譲れなくて平行線だった。だから、彼を眠らせたのよ』

『グルルルゥ……』

おそらく怒りで我を失っている状態だったのだろう、グレゴールに変化はなかった。カナニーアは届かない手を懸命に伸ばし言葉を紡ぎ続けたが、グレゴールは敵意を向け続ける。

『相棒の命令は絶対に守るべきものだからつらいよね、どうすればいいかわからないよね。混乱しているよね。私がタイキ様を説得できなかったばかりにつらい思いをさせてしまって、ごめんね。グレちゃん』

グレゴールの唸り声がやんだ。

『タイキ様の命令に逆らうことになってしまうけど、それでもお願いするわ。一緒にタイキ様を守りましょう。そして、元気になったタイキ様にあとで一緒に叱られましょう。ね？　グレちゃん』

『クゥー』

グレゴールがゆっくりと肩から足を退ける。カナニーアは落ち込むグレゴールの頭の毛を優しくなでたあと、サリー王女に状況を説明して協力を仰いだ。

『わかったわ。私は何をすればいいの？』

『まずは一緒にタイキ様をグレゴールの背に乗せましょう。もうひとつお願いしたいことがあるけど、それはあとで話すわね。……今は時間がないから』

ふたりで力を合わせて、眠ったままのタイキをグレゴールの背に乗せると、『こんなの聞いていないわよー！』と叫ぶサリー王女をグレゴールが前足で掴んで翔《と》んだ。

以上が、サリー王女が語った真実だった。

ふたつの事実とグレゴールの態度から、辿りつく答えは決まっている。怒り狂う飛狼竜を飛狼竜騎士以外の者が、それも命じることなく鎮めるなんて前代未聞だが、真実を告げているのはサリー王女のほうだろう。

「モロデイの王女と裏切り者のゴーヤンの王女。どちらが信じるに足る人物かと問われたらカナニーア様だ。たとえ、その肩にグレゴールの足型と同じ形の痣《あざ》があろうとも関係ない。そうだろ？タイキ」

「ああ、その通りだ。そして、それを一番よく理解しているのはカナニーア王女ってことだな」

理由はどうあれ、他国の王女を襲ったグレゴールは間違いなく殺処分される。だからカナニーアは俺とグレゴールの働きに感謝を示し、それですべてを終わらせた。

ゴーヤン王国の計画を未然に防げなかったのは、ローゼン国の落ち度でもある。そのローゼン国が、被害者であるモロデイの王女の言葉を否定するなんて、よほどのことがない限りない。そうだとわかっていてカナニーアは、ローゼン国が真実を公《おおやけ》にできないように先手を打った。

そして、よほどのことがあった場合に備えて嘘はつかなかった。ただ、余計なことを言わなかっただけ。モロデイの王女として、逃げ道もしっかりと残しているのはさすがとしか言いようがない。

――カナニーアは守りたいものを、自分の方法ですべて守りきった。

「……くそっ、情けないな。俺は」

完敗だなと、己の不甲斐なさに今さらながら腹が立つ。

「いや、あのときのタイキの判断はローゼン国の王太子として間違っていない。巻き込まれたモロデイの王女の命を優先しなければ、ローゼン国は信用を失う。ただ、カナニーア様が予想よりも肝が座っていたってことだよ」

まさか口移しで薬を飲ませるなんて、あのときのカナニーアの行動は予想できなかった。今となっては遅いが、もっと口づけを味わっていればよかったと思う。

……いや、あれを最後にしなければいいだけだ。くっくと笑いが口から漏れたのは、ルイカ王女についての誤解が解けたとき、彼女が照れながらもうれしそうな顔をしたのを見逃さなかったからだ。きっと、彼女も俺を望んでくれているはずだ。

「彼女に釣り合う男でいるには骨が折れそうだ」

「でも、諦める気はないんだろ？　タイキ」

ゾルドは聞いておきながら、愚問だったなと笑う。

まったくその通りだ。カナニーアを身代わりにしたモロデイの第二王女に、俺は心から感謝している。誰もが魅了されるという可憐なサミリス王女。もし彼女がローゼン国に来ていたら、俺は恋に落ちていただろうか。

いや、カナニーアだから心から欲したのだ、彼女以外はいらない。

「一応耳に入れておこうかな～。後宮の華選びの計画に変更はなしだけど、どうやら蒼王は助け舟を出そうとしているらしいよ」

つまりは騎士団長を通して、俺の気持ちが筒抜けだということだ。まったく余計なお世話だ。

だがそれも、カナニーアの聡明さを把握しているからこそだろう。息子の幸せを願う親心だけでなく、国王としての判断でもあるのだ。

「いらん。自分の力でなんとかする」

「そう言うと思って、タイキはそんなことは望まないと父上経由で蒼王に伝えておいた。俺って偉いよなー」

たしかに気が利《き》くが、この褒めてくれと言わんばかりの顔は余計である。

「……エライ」

「気持ちが全然こもっていないな。こんなに俺はお前のことを愛しているのにー」

「お前の愛はいらん」

俺が欲しいのはカナニーアからの愛だけだ。

彼女は王宮で蒼王との謁見を済ませたら国に帰るだろう。そしたら、もう後宮の華候補としての役目は終わったということだ。早く怪我を治しておかなければいけない。きっと彼女の価値に気づいた者たちが、その帰国を今か今かと待ちわびて列をなしているだろう。

……邪魔な羽虫は裏で処分しておくべきか？

「うわぁ～、なんか悪い顔してる」

「気のせいだ、ゾルド」

「いやいや、気のせいじゃないから。ほら、見てみろ」

ゾルドが差し出した手鏡には、運命の相手に恋い焦がれる男の顔が映っていた。

……くっくく、これはなかなかだな。

この溢れる想いを彼女に捧げる日が待ち遠しくてたまらない。

七章　蒼王との謁見

「カナニーア王女様、あちらで国王陛下がお待ちでございます」

案内してくれた侍女が指し示したのは、ローゼン国の王宮内にある庭園の一角。そこには柱と屋根だけの小さいけれど優美な建物があった。

たぶんあれが東屋《あずまや》というものなのだろう。モロデイにはないけれど、書物に載っていた。なかなか素敵な文化だなと思いながら、促されるままに歩みを進めていく。

謁見というからには、玉座に座った蒼王に拝謁するのかと思っていたけれど、そうではないようだ。これがローゼン流なのか、それとも特別なことなのか。どちらにしても、緊張することに変わりはない。

「遠路はるばるよく来てくれた。モロデイ国の王女よ」

「お招きいただき恐悦至極でございます。モロデイの第一王女カナニーアと申します」

ローゼン国王は立ち上がって歓迎の意を表してくれる。

蒼王と呼ばれているだけあって、蒼い髪に蒼い瞳が印象的だ。王としてのオーラをまとっているが、威圧的ではなく声音《こわね》も柔らかい。値踏みするような視線も感じなかった。

なんだかこの感じ、……私、知っている？

ふと、頭に浮かんだのはタイキの顔だった。鮮やかな赤と深い蒼という、真逆な色をまとったふたりに共通点はない。それなのに雰囲気が似ている気がする。それとも、私は無意識になんでもタイキと結びつけてしまうのだろうか。

……たぶん、そうだわ。

こんなときまで彼のことを思い出してしまう自分に心の中で苦笑いしてしまう。

また、蒼王を前にして、思ったよりも自分が緊張していないことにほっとする。これなら失敗しないで済みそうだ。

蒼王が腰をかけると、私もそれに倣《なら》って用意されている椅子に座った。

「私は堅苦しいことは苦手でな。カナニーア王女も楽にしてくれ」

「お気遣いありがとうございます、国王陛下」

「カナニーア王女はもう気づいているのだろうな？」

蒼王は前置きもなく話し始めた。

遠回しな言い方が嫌いなのか、それとも気が短いのか。嫌な感じが一切ないから、たぶん率直な人柄なのだろう。……そして、手の内を明かすだけの価値が私にあるか、おそらく試されている。答えを間違えたら、この謁見はすぐさま終わるだろう。

私は蒼王から目を逸らさず口を開く。

「国王陛下が本当は後宮の華を求めていないことでしょうか？」

あの選考は落とすためのもの、この答えで合っているはずだ。

「話が早くて結構だ。私が思うに、カナニーア王女も私の妃になることを特に望んでいない。お互いに利益は一致していると判断してかまわないだろうか？」

やはり、最初から妃の座は用意されていなかったということだ。万が一にも嫁いだのならば誠意お仕えする覚悟はあったけれども、これは縁がなかったということだ。それならば、ここで私が約束が違うと騒いでも意味はない。

「はい、異論はございません。ご存じだと思いますが、私はそもそも身代わりです。ローゼン国の妃に選ばれるとは最初から思っておりませんでしたので」

ここまで辿りついたのは私だけ。これは大きな成果で、モロデイの王女としての責務は十分に果たせたと言えるだろう。この期間、得たものも多く、胸を張って国に帰ることができる。

お兄様は褒めてくれるかしら……きっとよくやったと抱きしめてくれるはずだ。

「選ばないのはこちらの事情だ。もしそれがなければ、ローゼン国の発展のためにカナニーア王女を妃に迎え入れていただろう」

「そう言っていただけるだけで光栄です」

蒼王はここだけの話だがと、事情を明かしてくれる。

亡くなった王妃を心から愛している彼は、新たな妃を迎えるつもりはなかったそうだ。しかし、周辺国からのありがた迷惑な婚姻の申し出があとを絶たないため、こうした奇策を講じたという。

まさか王宮まで辿りつく者がいるとは思っていなかったと、蒼王は申し訳なさそうに眉尻を下げた。大国の王なのに尊大な態度を取らないのは人柄はもちろん、賢王と評されるだけあって、人心《じんしん》掌握術《しょうあくじゅつ》に長《た》けているからだろう。

王族なのに愛を貫けるなんてうらやましい。モロデイ国のような小国にはそこまでの力はなく、当然、王女の婚姻は政略となる。そこに不満などない、王女としての務めだとわかっていたから。

それでも憧れてしまうのは、やはり恋を知ったからだろう。怪我を負ったタイキは今どうしているだろうかと思いを馳せていると、蒼王の声で現実に引き戻される。

「カナニーア王女、今回はゴーヤン王国との諍《いさか》いに巻き込んでしまい申し訳なかった。ローゼン国としては、モロデイ国の意向に沿うように対処したいと考えている」

「国王陛下、頭をお上げくださいませ。もう十分に謝罪はしていただきましたので」

小国の王女である私に対して深々と頭を下げる蒼王に慌ててしまう。

今回の件はローゼン国の落ち度であるのは事実だが、国力の差でそれをなかったことにできるし、大国の王が小国の王女にここまではしない。……本当に見習うべき国だわ。

大国としての驕《おご》りがない。いや、驕《おご》らないからこそ、ここまでの大国になったのだ。

モロデイ国は今回の件をローゼン国との外交に利用できる。しかしそれは長い目で見れば、遺恨を残す結果となるので得策ではない。

「ゴーヤン王国についての対応は、ローゼン国にお任せしたいと思っております」

「それはモロデイ国としての決定だろうか？」

蒼王は私の個人的な意見ではなく、最終的な判断か問う。

ローゼン国に赴く前に父から『お前は身代わりではない。モロデイという国を背負ってローゼン国へ行くのだ』と言われた。それはローゼン国で何かあった場合、判断を私に任せるということだ。

――信頼されている証。

格の違いはあれど、母国は私の誇りだ。モロデイの王女として臆することなく蒼王と向き合う。

「はい、そうです。ただ、我が国は薬草の知識が足りませんので、今回の件を利用してゴーヤン王国と裏で交渉したいと考えております」

「わかった。裏での交渉は関知しないからかまわない」

「ありがとうございます」

表沙汰にせず政治利用する、これがモロデイ国にとって最善の選択。

ゴーヤン王国の内情は複雑のようだから、表向きは関わらないに限る。見方を変えれば、面倒なことはローゼン国に押しつけ、おいしいとこ取りともいえる。

けれど、実際に私は毒を飲んだのだから許容範囲だと思う。小国の王女のくせに図々しいと呆れているだろうかと様子を窺うと、蒼王は目を細めて笑っていたので、私は心の中でほっと息を吐く。

寛大な人のようなので、もうひとつだけお願いを口にすることにした。

「サリー王女ですが、できれば寛大な対応をお願いいたします」

「毒を盛った相手に甘すぎないか？」

「恩を売っておくだけです。いつかそれが倍になって返ってくることを毎日祈っていますわ。それに空気を読まない彼女のおかげで助けられたこともありましたから」

彼女の突拍子もない発言がなかったら、結果は変わっていたかもしれない。

……あんな大胆な行動ができたのも、彼女の存在に触発されたから。

口づけなんて家族以外としたことはない。それなのに私は自ら初恋の人の唇を強引に奪った。切羽つまっていたとはいえ、思い出すだけで赤面してしまう。タイキ様が怒ってないといいけど……

私が宿を去るとき彼は眠ったままだったので、別れの挨拶もできなかった。

それでよかったのかもしれないと今は思う。しばらくは彼の顔をまともに見れない気がする。

「カナニーア王女の望みとあらば善処しよう」

私は深々と頭を下げて感謝を表すが、処遇の詳細については尋ねなかった。ローゼン国にとって、サリー王女は黒幕に踊らされた厄介な人物でしかないからだ。

ローゼン国にはローゼン国の立場があるから、こちらの事情を押しつけてはいけないと何も言わずにいると、引き際を心得ていて賢明だと蒼王は満足げに口元を緩める。

どうやら私は交渉相手として認められたようだ。モロデイの王女として、これ以上うれしいことはない。もしひとりだったら飛び上がって喜んでいただろう。今はにっこりと微笑むだけで我慢する。

「今回すべてにおいて、ローゼン国はそなたに助けられた。その恩に報いたいと思っている。何か望みはあるか？　飛狼竜について興味があるようだが、我が国で学んだらどうだろうか？　カナニーア王女なら大歓迎だ」

蒼王の申し出に驚きを隠せない。

ローゼン国にとって飛狼竜は貴重な存在。騎士団長から訓練についての報告が上がっているだろうが、それでもこの扱いは破格すぎる。借りは作らないということなのだろうか。

……でも、そんなふうではないわ。蒼王の表情はとても穏やかで、政治的に借りは作りたくないと考えているように見えなかった。

「遠慮せずに言うといい、カナニーア王女」

「本当になんでもよろしいのですか？」

「もちろんだ。いや、私の妃以外ならだったな」

蒼王は快活に笑いながら片目を瞑《つむ》ってみせる。

本当になんでもいいのなら、私が願うことはただひとつだ。

「それでは、お言葉をいただけないでしょうか？」

蒼王は意外そうな顔をするが、その眼差しで先を促してくる。

「ゴーヤン熱病が流行《はや》った町で、我が国の侍女は身を粉にして手伝っておりました。それは人として当たり前の行動です。ですが、できることならば、その働きに対して国王陛下からひと言、お言葉をいただきたいのです」

蒼王の言葉には、ドーラの名誉を回復させる力がある。そのあとのことは兄に任せる。きっと強い想いと努力でなんとかするはずだ。

「飛狼竜についての提案は、そなたにとって魅力的ではなかったということか？」

「正直に申せば、飛びつきたくなるほどうれしいものでした。心より感謝申し上げます」

それならば受けるべきではと言いたそうな表情を蒼王は浮かべる。

「僭越《せんえつ》ながら、その申し出はモロデイの王女としての立場を最大限に利用すれば叶う可能性があるかと。しかし、陛下のお言葉は今しかいただけないものです」

学びの機会よりも遥かに大切なことがある。

「承知した、その願い叶えよう。それにしても、その侍女は主君に恵まれたな」

「私が臣下に恵まれたのです。彼女の支えがあったからこそ、こうして国王陛下と言葉を交わす機会を得ることができました」

ドーラがいてくれたから私は前を向いていられた。ふたりで飛狼竜のいいところ探しをしたり、手伝いを申し出てお皿を割ったり、さまざまなことを一緒に乗り切った。

ドーラの言葉があったからこそ、こうして初恋を大切に心の奥にしまえている。

「モロデイ国とは国交を深めていこうと思っている。近いうちに会うこともあるだろう。それまで息災《そくさい》に」

「ありがたきお言葉でございます、国王陛下」

両国の絆はこれから深まっていく。いつかこの地に戻り、飛狼竜についての知識を深めたい。

そして、タイキに直接お礼を言いたい。それは近い将来ではないかもしれない。それなら口づけのことを彼は忘れてくれているかもと、前向きに考えよう。

……でも、私は決して忘れない。あの口づけだけでなく、鮮やかな赤が印象的な出逢い、彼の言葉、彼のたくましい腕、彼の低い笑い声、相棒と同じでサラサラの赤い髪。すべて私の心に刻み込まれている。何ひとつ後悔などない。

謁見が終わりその場をあとにしようとすると、立ち上がった私に向かって蒼王が声をかけてくる。

「未来のローゼン国王の妃にならんか？　もちろん、カナニーア王女が望めばだがな」

蒼王には息子がひとりいる。王太子の絵姿《えすがた》を見たことがあるけれども、その顔は思い出せない。それくらい何も印象に残らない絵で、なぜこんな腕の悪い絵師に描かせたのかと、不思議に思ったことだけは覚えている。

「断ってくれてもかまわない。モロデイ国にとって不利益はないと約束しよう」

「では、お断りいたします」

即答したのは、蒼王は遠回しな言い方を求めないとわかっているからだ。

「理由を聞いても？」

「政略結婚を厭《いと》うてはおりません。ですが、許されるなら誰かに嫁ぐのではなく、その人に嫁ぎたいと思っています」

政略結婚だとしても、ちゃんと相手を知って嫁ぎたい。そして、私を知ってもらってから結ばれたい。この願いは叶わない可能性のほうが高いけれど、それでも努力はしたかった。

「それはそうだな。すまない、つまらんことを言った」

「とんでもございません。ロウドガ王太子様に素晴らしいご縁があることを心より祈っております」

「その言葉、しかと伝えよう」

口角を片方だけ上げて微笑む蒼王の顔は、愛しい人とまた重なった。

そういえば、タイキは騎士団長と遠戚関係にあると言っていた。蒼王と騎士団長も遠縁というから、蒼王とタイキも辿れば繋がりがあるのかもしれない。……気のせいではないのかも。

蒼王にタイキの面影を感じたからか、心の奥にしまったはずの恋心が揺れる。未練がましく思っているのとは違うけれど、思い出になるにはもう少しかかりそうだ。


――数刻後。蒼王との謁見を無事に終えた私は、ドーラとともに馬車に揺られていた。

ローゼン国からは滞在してゆっくりすればいいと勧められたが、丁重に断った。モロデイ国に戻って、王女として報告しなければいけないことがたくさんある。

それに悠長にしていたら、せっかくいただいた蒼王の言葉が間に合わなくなってしまうかもしれない。兄の人柄もあってか、モロデイの王太子妃の座は人気があるのだ。

蒼王との謁見の内容について、知る立場にないドーラには伝えていない。でも、それも近いうちにそうでなくなるはず。

……私がドーラをお義姉様と呼んだら彼女は泣くかしら。きっと泣くわ。私も一緒になって。

そうしたら私にドーラを取られたと、兄は焼きもちを焼くかもしれない。そんな兄を見るのが今から楽しみで仕方がない。

「カナニーア様、体調はいかがですか？　無理はなさらないでください」

「解毒は済んでいるから大丈夫よ」

「疲れも溜まっているでしょうから油断してはいけません。それにしても、サリー王女は絶対に許せません！」

あの事件についてドーラには私から説明した。彼女は嗚咽《おえつ》しながら耳を傾け、聞き終えると本気で叱ってきた。それから私の肩の痣《あざ》を手当しながら、できることなら代わりたいと号泣した。

たぶん一生分の涙を流したのではないだろうか。それくらい心配をかけてしまった。

「サリー王女はこれからきっと大変だわ」

「当たり前です。心から反省して、カナニーア様の恩に報いるべきです」

「反省しているサリー王女なんて想像できないわ」

「……たしかにそうですね」

ふたりして顔を見合わせ、くすくすと笑ってしまう。

高飛車なサリー王女ほど、反省という言葉が似合わない人はいない。ここにいないのに、その強烈な印象でこの場の空気まで変えてしまうサリー王女。ある意味すごい人だったと、つくづく感じた。

馬車の小さな窓から外の景色を見つつ、ぼんやりと未来を想像する。

……いつかタイキに会う日が来るならば、私はもう後宮の華候補ではなく、単なるモロデイの第一王女。どんなふうに再会し、お互いにどんな立場になっているのか。もしかしたら私には新たな婚約者がいるかもしれないし、彼は結婚しているかもしれない。

でも、できることならば、彼に想いを伝えることが許される立場で再会できたらいい。私の想いを知ったら彼はびっくりするだろう。口づけをしたあのときのように……

それから先のことは想像しないでおく。そのほうが幸せな気がするから。

タイキ様、どうかお元気で。

馬車に揺られながら思うのは、やはり彼のことばかりだった。

『大丈夫』というあの声をもう一度聞きたい、耳元でまた囁いてほしいと願ってしまう。もう二度と叶わないのに……

――わかっていた、幸運は続かないことくらい。

景色を見ているふりをして静かに嗚咽《おえつ》する私の背を、ドーラはそっとなで続けてくれた。

八章　控えめな王女の価値

帰国した私を待っていたのは国を挙げての大歓迎であった。

そもそも期待されていなかった第一王女が数多《あまた》の美姫が脱落するなか奮闘し、蒼王と謁見まで果たしたのだ。前代未聞の快挙と言っていい。

「「カナニーア様、お帰りなさいませ！」」

私が王宮の広間に着くなり、盛大な拍手と歓喜の声が上がる。旅立つときも盛大に見送られたが、出迎えはその比ではなかった。

注目されることに慣れていない私が驚きで思わず立ち止まると、近づいてきた兄がうやうやしく手を差し出してくる。

「おかえり、カナニーア。父上のところまでエスコートする権利を私にくれないかい？」

「はい、喜んで。そして、ただいま戻りました、お兄様」

兄が隣にいてくれる、それだけで安心できる。

周囲の歓声に応えながら進んでいくと、かすかな甘い香りを兄がまとっているのに気づく。きっと私の帰国に合わせて山ほどお菓子を部屋に用意してくれているのだろう。

私が玉座の前まで来ると、父は労《いたわ》りの眼差しを私に向け、その後ろに立つ母は目元を拭う仕草をする。お父様、お母様、ご心配をおかけしました……

両親の温かい気持ちに包まれながら、娘として心の中でそっと頭を下げる。

それから、私は王女として帰国の挨拶を述べたあと、蒼王から託された親書を差し出した。父はその場で目を通すと、宰相にそれを手渡した。

「聡明な王女がいるモロデイ国とより深い絆を結ぶことをローゼン国は切望している」

宰相が読み上げたその異例ともいえる文言に、誰もが驚愕し、それから歓喜する。

本来、切望とは大国が小国相手に使う言葉ではない。母国で私がつらい立場にならないようにと配慮してくれたのだろう。

「カナニーア王女ならびにドーラ・ハウゼン伯爵令嬢の献身に感謝する」

続いて読み上げられた親書の言葉に、人々はどよめく。一介の侍女が蒼王からお言葉を賜《たまわ》ったという事実を無視できる者はいない。本当に蒼王には感謝しかない。私は心の中でもう一度深々と蒼王に頭を下げた。

こうして予想外の成果の報告をもって、後宮の華候補としての役割は終わり、私は以前と同じモロデイの第一王女に戻ったのであった。

名誉が回復したドーラは、翌日には王太子ジェルザの婚約者候補のひとりに戻り、その一週間後にはなんと内定の婚約者になっていた。兄の手際のよさに驚いたけれど、さすがはお兄様だと飛び上がって喜んだ。正式な発表はまだ先になるけれど、ドーラをお義姉様と呼べる日が待ち遠しくて仕方がない。

それから私の周囲にも変化があった。

もともと控えめな王女と一部の者たちが裏で揶揄《やゆ》していたが、ほとんどの者たちは敬意を持って接してくれていた。だから、態度は同じだけれど、私に対する眼差しがなんとなく以前とは違う気がするのだ。ローゼン国で多くのことを学んだのは事実だけれども、傍《はた》から見てそれが認識できるほどの変化があったのだろうか。それは、はなはだ疑問である。

だからある日、私は多忙な兄を捕まえて、私自身に変わったところがあるか尋ねてみた。

「以前も可愛かったが、より可愛くなったかな」

親馬鹿を越えた発言をする兄にちょっとだけ苛立つ。今欲しいのは、率直な意見だ。

「ふざけないでください、お兄様。そうではなくて、王女として成長したなと感じますか？」

「カナニーアは変わらないよ」

やはり思っていた通りの言葉が返ってくる。兄は私に嘘を吐かない。つまりは変わったのは私ではなく周囲なのだ。

「私が不在の間に何かありましたか？」

「特に何もなかったよ。カナニーアがいない以外はね」

「……そうですか」

忙しい兄はそう言うと、私の頭をポンッと優しく叩いて去っていく。

結局、周囲の変化の理由はわからないまま終わってしまった。

でも、視線は不快なものではなかったから気にしなかった。いや、正確には気にする余裕がなくなったのだが……

小国とはいえ、王女の婚姻は国にとって政治的に利用価値がある。だから、新たな婚約者の選定は覚悟していた。

しかし、私を待ち受けていたのは両親が選んだ数人の候補者ではなかった。私の視線の先にあるのは、立派な釣り書きの山。……今にも崩れ落ちそうである。

「お父様、これはどういうことでしょうか？」

「お前との婚約を望む者たちから送られてきたものだ」

「もしかして金脈でも掘り当てましたか？」

モロデイの至宝であるサミリスと違って、控えめな王女の価値はそんなに高くない。ならば、第一王女との婚姻で得られる新たな付加価値が発生したと考え、私は真顔で尋ねる。

父は首を横に振りながら苦笑いする。金脈ではないらしい……残念だ。

「みんな、王家の宝石を狙っているのよ。カナニーア」

ほがらかに笑う母の隣で、父はなんだか複雑そうな顔をしている。

「私が所有している宝石をですか？」

私も王女だから宝石を身につけてはいる。だが、そのほとんどが王家の所有物で私個人のものではない。それは周知の事実だから、宝石狙いは考えにくい。けれど、仮にそうだとしたら私の持参金目当ての人は全力でお断りしたい。

「所有しているという表現は少し違うわ。でも今は、そんなことを気にするのではなく、あなたが納得できる相手を選びなさいね。カナニーア」

「……はい、お母様」

意味ありげに微笑む母を前にして、私は首をかしげていた。

そして、この会話が終わると同時に釣り書きの山との格闘、もとい婚約者選びが始まったのである。

その中にはなぜか元婚約者のマカトまでいた。

私とマカトの婚約は国の都合で白紙となったのだから、誰と婚約を結ぼうが彼は自由である。それならば、私ではなく恋慕しているサミリスに申し込むべきだろう。それに、第一王女と結婚したからといって王配《おうはい》になれるわけではない。王女ならば、第一だろうと第二だろうとゼリウヌ侯爵家にとって差異はないはずだ。

たぶん、この申し出はゼリウヌ侯爵が私を気遣ってのことなのだろう。その気持ちはうれしく思うが——ありがた迷惑でしかない。きっとマカトも再婚約の話に苛立っていることだろう。

明日は王家主催の夜会が開かれる。私の帰国を祝ってのものだから、国中の貴族が招待されており、マカトも参加すると兄から聞いていた。はぁ……、気が重いわ。

帰国してから元婚約者と話す機会はまだなかった。あの眼差しで私はまた見られるのだろうか。射るような視線を私はいまだに忘れられない。たぶん、一生忘れることなんてできないと思う。

私は今すべきことに集中して、頭の中から元婚約者の存在を無理矢理追い出した。

夜会当日。

王女としてどう振る舞うべきか心得ているから緊張はしていない。

ただ、今日の夜会はいつもとは様子が違って困惑している。我先にとダンスの申し込みをしてくる者たちや、私とひと言でも言葉を交わそうとする者たちに一瞬で囲まれてしまったのだ。今までも王女との会話を望む者はいたし、礼儀正しくダンスを申し込む者もいた。でも、ここまで長蛇の列ができたことなどない。

王女の務めとして笑みを絶やすことなく、踊りや会話をこなしていく。しかし息つく暇もない状況が数時間も続くと、さすがに疲れを感じはじめる。

そんな囲まれていた私をさり気なく救い出してくれたのは兄だった。『可愛い妹とゆっくり話す時間をくれないか？』と笑顔で告げてきた王太子を止めることができる者などいない。

バルコニーに出てふたりだけになると、兄が労《ねぎら》いの言葉をかけてくる。

「お疲れ様、カナニーア。すごい人気だな」

「蒼王の親書のおかげですね」

ローゼン国の影響力の大きさを、まざまざと感じていた。私を取り囲んでいた人の中には、蒼王の覚えがめでたい王女と親しくなって、ローゼン国との繋がりを得ようと野望を抱いている者もいるかもしれない。

でも、私にそんな力はないとすぐに気づくはず。だからこの状況も今だけだ。

「それは違うな。親書が公開される前から、釣り書きの山は出来上がっていた。つまりローゼン国の影響は関係ない。純粋にカナニーアを求めてのものだ」

「そこまでモロデイの王女の価値が上がる要因があったのですか？」

金脈の存在を否定した父を疑ってはいないが、念のため兄にも同じ質問をしてみる。

「あった。正しくはモロデイの王女ではなく、第一王女のだがな」

以前は変わったことは特になかったと言っていたのに、兄の言葉は矛盾している。

私がそのことを指摘する前に兄は察して口を開く。

「変わったことは何もなかった。ただ第一王女の不在は大きかったということだ」

「私がいなくともサミリスがいました」

第一王女がいないときはその穴は第二王女が埋めると決まっている。王太子である兄が不在のときは、第一王女である私が代わりを務めたように。

それで問題が起きたことは一度もなかったはずだと、訴えるように兄を見る。

「サミリスは一生懸命にやっていたと私も思うよ。だが、お前には遠く及ばなかった。それでみんな気づいた。当たり前だったことが実は当たり前でなかったことに。つまりは第一王女に対する過小評価が改まったということだ」

「でも、それこそ過大評価では？」

……私は特別なことはしていない。周囲から認められることはうれしくとも、それが正当な評価以上のものなら騙《だま》しているようで気が咎《とが》める。

眉をひそめている私を見て、兄は優しく笑う。

「まったくな……カナニーアは賢いのに、自分自身のことになると鈍いな。ほら、見てみろ」

兄の視線の先にはサミリスがいた。

淡い水色のドレスを身にまとった妹は、今日も妖精のように可愛らしい。

周囲にはサミリスの婚約者になりたい者たちが集まっているが、よく見ればいつもと様子が違っていた。伯爵位や子爵位の者がほとんどで、高位貴族に至っては三男や四男など爵位を継げない者が数人いるだけだ。

王女の婚約者となるのに身分の制限があるわけではない。ただ政略を考えると、その相手は王族や公爵家や侯爵家になるのがほとんどだった。

「あれが正しい判断の結果だ。第二王女は取り返しがつかない失態を犯した。父上も私もサミリスを国外に嫁がすことはない。影響力がない伯爵位の者を選んで降嫁《こうか》させる。これは母上も承知のことだ」

淡々と話す兄は王太子の顔をしていた。

つまりサミリスに施している再教育は体裁を整えるためのもので、王女としてはもう見限られているということだ。周囲もそれに気づいたから、高位貴族の嫡男《ちゃくなん》はあの場に身を置かないのだろう。

「サミリスには伝えているのですか?」

「知る必要はない」

愚問だった。あの子は何も知らないからこそ、無邪気な笑みを浮かべ夜会を楽しんでいる。

「でも、いつかは気づきます。あの子だってそこまで愚かではありません」

それは時間の問題だ。

「気づくだろうな。だが、お前を身代わりにする道を選んだ時点であの子の運命は決まったんだ。王族という地位は軽いものではない。それはお前だってわかっているだろ？　カナニーア」

「……はい」

王族があんなふうに軽々しい言動を繰り返せば国が滅びてしまうことだってある。

あの子の不幸を誰も望んでいない、誰もあの子を嫌ってはいない。

――それでも王女として失格だった。

これは国を背負う王族として正しい判断、……そして家族としては苦渋の決断。頭では理解できるけれど、やはり姉としてはいたたまれない気持ちになる。

「サミリスの失態によって、第一王女の価値にみんな気づいた。だから、お前が帰国する前からあの釣り書きの山というわけだ。正直俺はほっとしている。お前に婚約が殺到していることではなく、我が国の貴族が愚かではないとわかったからだ。はっはは、国王になったら私は楽をしたいからな」

重苦しい雰囲気を変えようとしているのだろう、兄の口調が明るくなる。

妹思いの優しい兄なのは、私に対してだけではない。だから兄もこの決断に心を痛めているはずで、それを態度に表さないのは、私を気遣ってだろう。

「申し出を全部断って行き遅れてもかまいませんか？」

ふふっと笑いながら冗談を口にしたのは、大好きな兄に笑ってほしいから。

「かまわない。カナニーアの才を活かす道はたくさんある。焦らずにゆっくりと考えるがいい」

「はい、そうしますね」

嬉々として行き遅れ宣言する私に、兄は顔を綻ばせ笑ってくれた。

「行き遅れませんからと、拗ねないのか？」

「今は甘えたい気分なんです。駄目ですか？　お兄様」

「うれしいに決まってる」

もう子供ではないのに、私の頭を優しくなでてくる兄。ドーラから私の初恋について情報漏洩があったのだろう。仲がよい証拠だと思えば腹は立たないし、うらやましい限りだ。

すべて知っているうえで兄は何も聞いてこない。私を信じて見守ってくれている。

兄の肩にもたれるように頭を寄せていると、頬を薔薇《ばら》色に染めたサミリスがやってきた。きっとたくさん踊ってきたのだろう。

「お兄様、私と踊ってくださいませ」

「お前と踊りたがっている者たちはどうした？　サミリス」

「もう一回ずつ踊りましたから、次はお兄様とも踊りたいです」

兄とサミリスはふたりとも踊りの名手だ。夜会ではふたりの踊る姿をみな楽しみにしていると言っても過言ではない。兄妹だから息もぴったりと合っている。

「わかった。ではサミリスと踊ったあとはカナニーアと踊ろう」

「お姉様、お先にお兄様をお借りしますね」

「サミリス、たくさん踊ってお兄様を疲れさせてちょうだいね。ふふ、私の番が回ってこないように」

私たちはいつものように仲よく会話を交わす。王族としての判断と、血を分けた兄妹としての関係は別だ。

三人揃って広間へ戻ると、兄とサミリスは手を取り合い踊りの輪に加わる。

壁際で控えている侍女に視線をやると、彼女は私の意を汲んで飲み物の入ったグラスを持ってこちらへ歩いてくる。モロデイ国では女性がグラスを手にしていたら休んでいる印となるので、誘うことは控えるのがマナーだ。

十分に踊ったので今日はもういいだろう。馬にもひとりで乗れないほど運動神経が悪い私にしては本当によく頑張ったと、心の中で自分自身を労《ねぎら》っていると誰かが私の隣に立った。

「カナニーア様、お久しぶりでございます」

「……お久しぶりですね、マカト様。……サミリスは今、お兄様と踊っていますから次に誘ってはいかがですか？」

侍女が私にグラスを手渡す前に声をかけてきたのは元婚約者だった。

私とマカトが歓談中だと思った侍女は、少し離れて様子をうかがっている。それはそうだ、間に割って入るような失礼なことはしない。

「いいえ、帰国してからゆっくりと話す時間もなかったので、ぜひカナニーア様と踊りたいと思っております。私と踊っていただけませんか？」

私の返事を待たずにマカトは手を差し出してくる。その目は、王女である私なら王家とゼリウヌ侯爵家の関係を考え、公《おおやけ》の場で断るはずがないと確信していた。

彼は兄が私から離れるのを待っていたのだろう。マカトは王太子の側近を務めているだけあって頭が回る。

「ええ、喜んで」

王女として礼儀正しく喜んでみせると、彼も笑みを浮かべながら私の手を取り、一緒に踊りの輪の中に入っていく。

心を抉られるようなあの眼差しをこの近さで向けられるのは嫌だけれど、こうなったら仕方がない。完璧に無視するか、いっそのこと睨み返してみようか。控えめな王女の思わぬ反撃にたじろぐ彼の姿を想像すると思わず笑みがこぼれた。

「踊っているカナニーア様が楽しそうなのは初めて見ました」

マカトは喜色を帯びた声でそう告げてくる。

たしかに私は踊りが苦手なのでいつも余裕がないのは認める。それは誰が相手だろうとも同じだ。けれども、楽しめなかったのは彼が婚約者だった私を見ようとしなかったから。

兄は毎回私を踊りに誘ってくれていた。私はたびたび兄の足を踏んでしまったけれど、兄はそれさえも笑いに変え、ふたりで楽しく踊っていたのを彼は知らないのだろうか。

……そうね、あなたは知らなかったわね。

彼の視線の先にはいつだってサミリスしかいなかった。

でも、そんなことは言わずに曖昧に微笑んで聞き流す。彼の感情や言葉に振り回され傷つくのは馬鹿らしい。人は反応がないことに一番苛つくものだ。自分でも意地が悪いかなと思うけれど、……良心はまったく痛まない。言いたいことを言って、好きなだけ私を睨めばいいわ。

微妙に視線を下にずらして踊り続ける。周囲から見れば、踊りが苦手な王女が足元を気にしているように見えるだろう。

マカトだってそんな私を気にしないはず。見つめ合って踊ったことなど一度だってないのだから。

「再婚約について前向きに考えていただけませんか？　カナニーア様」

顔が引きつりそうになるのを必死でこらえて、曖昧な笑みを保ち続ける。これも王女としての教育の賜物《たまもの》。

普通なら話す余裕がないのだろうと察して、自然と話を終わらせるものなのに、彼はやめない。

「ゼリウヌ侯爵家としての意向だと勘違いされているかもしれませんが違います。私が望んでいることです」

「……っ！」

私の右手を掴んでいる彼の左手にぎゅっと力が込められる。思わず顔を上げてしまい、微妙に避けていた彼と視線が交わってしまう。

えっ、どうして……

マカトは目を細めてうれしそうに私を見ている。それは私が思い描いていた表情とはまるで違っていた。

「カナニーア様、やっと私を見てくれましたね」

彼の瞳にちゃんと私が映っている。その眼差しはあのときとも、礼儀正しい婚約者だったものとも違う。なぜ今になってこんなふうに、私のことを見てくるのか意味がわからない。

私は笑みを顔に貼りつけたまま、これで彼のことを無視できなくなってしまったと、心の中では盛大にため息をつく。

「なぜ私との婚約を望むのですか？　政略ならばどちらの王女に申し込むことも可能ですわ」

私との婚約解消に関してゼリウヌ侯爵家に落ち度は一切なく、むしろ被害者的な立場にある。

第二王女を取り巻く変化に気づいたゼリウヌ侯爵は良しとしなくとも、マカトが個人的に申し込むことは可能だ。まあ、王家としては理由をつけ丁重に断るだろうが……

結婚という結果に結びつかなくとも、彼なりに愛を貫けるのに、なぜそれをしないのか。

どんな言葉を返してくるだろうかと待っていると、私の腰に回している彼の腕に力が入り、少しだけ引き寄せられる。

「たしかに以前の婚約は政略でした。しかし婚約解消後、カナニーア様が自分にとって大切な人だったことに気がつきました」

マカトの表情は真剣そのものだった。

「……そうですか」

私の返事に間があったのは、感動で言葉が出なかったのではない。彼が何を言っているのか一瞬理解できなくて反応が遅れただけ。

マカトは、サミリスを想っていることに私が気づいていたことを知らない。そして、彼のあの眼差しに私が傷ついたことも。だから今、私に向かって優しく微笑んでいられるのだ。

「カナニーア様、私と生涯をともにしていただけませんか？」

その声音《こわね》に偽りはなかった。彼は第一王女の評価が上がったからとか、ローゼン国王との繋がりがあるからとかではなく、私自身を求めている。

マカトの心境にどんな変化があったかは知らないし、知りたいとも思わない。

私がわかっている事実は、彼は恋に堕《お》ち、その恋を捨て、今はこうして私に向き合っていることだけ。人の心は変わることだってあるから、それを勝手だとは思わない。たったひとりを想い続けることは素晴らしいけれど、その幸運に恵まれた人のほうが少ないと思う。

しかし、マカトの変化に私が付き合う義理はない。

「お断りします」

「は？」

鳩が豆鉄砲を食ったような顔をするマカト。

「再婚約のお話ですがお断りします、マカト様」

以前の私だったら断るにしろ『お気持ちは大変うれしいのですが』と前置きをして、つらそうな表情を作っていただろう。

でも私はどちらも省いている。そのうえ、彼の瞳に映る私はとてもうれしそうだ。王女としては褒められた態度ではないけれど、幸いなことにふたりの声は周囲には届いていない。それなら、少しくらい私怨を晴らしても許されるだろう。

「……もうほかの者と話が進んでいるのでしょうか？」

「いいえ、違います。ですが、マカト様を選ぶことはありません」

昔のことなど持ち出しはしなかった。あなたのここが悪かったのよと親切に教えてあげるほど私は優しくない。

私の表情から決心は固いと察したマカトはさびしそうに笑う。

「とても残念です、カナニーア様。ですが、よかったら友人としての立場を私にいただけませんか？」

「それもお断りします。うなずいたことで、まだ望みはあると思われては困りますので」

まさかまた断られるとは思っていなかったのだろう、マカトは目を見開く。

この申し出に裏はないと思う。でも、恋に溺れていない彼は優秀な側近でもある。友人という立場で外堀を埋められる可能性は残さないほうが賢明だ。

「……なかなか辛辣ですね。私が知っているカナニーア様ではないみたいだ」

「マカト様が私を知ろうとしなかっただけですわ。だって私をその目に映していませんでしたから」

最後はチクリととどめを刺した。申し訳なさそうに私から目を逸らしたから、きっとこの意味を彼は正しく理解したのだろう。

なんだかスッキリした。ダンスをして、こんなに爽快な気分になったのは初めてだった。ふふ、ダンスは関係なかったわね。

「あっ、ごめんなさい。マカト様」

「いいえ、平気ですのでお気になさらず」

笑みを浮かべながら彼の足を踏んだところでちょうど曲が終わった。断じてわざとではない、しいて言えば神の思し召しだろうか。

「マカト！」

瞳に怒りを宿した兄が私たちのもとへ足早にやってくる。その隣にサミリスの姿はない。どうやら次のダンスの申し込みを受けたようでまだ踊りの輪の中にいた。

「お前、一体なんのつもりだ……」

兄は微笑んでいたけれど、怒りを宿した目との温度差がありすぎる。

私が不在の間にふたりの間でどんなやり取りがあったか知らないけれど、兄のこの様子を見れば察しがつく。たぶん、私に金輪際《こんりんざい》近づくなとか言っていたのではないだろうか。

「ジェルザ様、勝手な真似をし――」

「再婚約の申し込みの撤回をお願いされたので承知いたしました。それからこうも言っておりました。多忙なお兄様の負担を少しでも軽くすべく、今以上に側近としてお助けしたいと。ね？　マカト様」

「……はい」

私の言葉は彼への助け舟ではない。王太子には優秀な駒が必要で、マカトはその点では使える人物だ。だからこそ兄は私情で切り捨てることなく、彼を側近のまま置いている。

そして、私の言葉の意味を正しく理解しうなずくマカト。彼が否定しなかったのは保身のためでなく、王女である私の発言を尊重したからだ。自己憐憫《れんびん》で『いいえ、私が悪いのです』と言い出さないので、やはり側近として残しておく価値はある。今はこうして丸く収めるのが一番いい。

「お兄様、せっかくの申し出ですから仕事を押しつけて……ではなく、彼の願いを叶えてあげたらいかがですか？」

兄は腕を組んで黙ったままなので、もうひと押しすることにした。

「ドーラと一緒に過ごす時間も増えますね、お兄様」

「……それなら思う存分に働いてもらおうか。マカト」

「ご期待に応えられるように誠心誠意お仕えいたします、ジェルザ様」

兄は冷たい笑みをマカトに向けている。すべてお見通しなのだろうが、私のスッキリしている顔を見てそれならと譲歩したのだ。

これから兄がどんなふうに彼を心身ともに鍛えていくのか予想もつかない。ただ、かなりきついものになりそうだ。

頭《こうべ》を垂れるマカトの横顔は青褪《あおざ》めて見えた。彼は側近として一番近くで仕えてきたから王太子としての兄が甘くないことをよく知っている。だからこそ自分の今後を容易に想像したのか、それとも、今になって恋に堕《お》ちた自分の愚かさを恥じているのか。……たぶん両方だと思う、恋に溺れていない彼は優秀な人だから。

せいぜい頑張ってくださいませ、元婚約者様。友人でもない私には関係がないけれど、兄が優秀な側近を失わないように祈るくらいはしていいかもしれない。

私の祈りが効くかどうかは不明だけれども、なんとなく兄が新たな側近を捜すことにはならない気がする。

九章　モロデイの至宝への求愛

あの夜会が終わったあとも、釣り書きの山との格闘は続いている。断るにしても失礼がないようにするには時間がかかり、気力と体力が予想外に奪われていく毎日。

こんなときは無性に飛狼竜たちが懐かしくなる。頭のひよこ毛をもこもこにすると、不思議と癒やされた。きっとそれは感触だけでなく、あの子たちが尻尾を振って喜びを表してくれたからだろう。

「会いたいな……」

あの子たちに、……そしてタイキ様に。

思い出さない日は一日だってない。怪我はどうなっているのか、私のことを少しは思い出してくれているのだろうか。彼のことを考えると温かい気持ちになると同時に、ぎゅっと胸が締めつけられて切なくなる。それでも思い出すのをやめられなかった。

「誰に会いたいんだ？　カナニーア」

近くにいた兄の耳にも独り言が届いていたようだ。

「ローゼン国の飛狼竜たちにです、お兄様」

半分だけ本当のことを告げる。

兄は私が飛狼竜たちと交流していたことを知っている。

それに、タイキへの個人的な想いは情報漏洩で把握しているはずだけど、そこは決して触れてはこない。ドーラ曰《いわ》く、兄は複雑な心境らしい。妹の恋を応援したいけれど、認めたくない気持ちもあるのだという。

「明日会えるぞ」

「誰にですか？　お兄様」

把握していない予定に首をかしげる。王族のスケジュールは二週間前には決まっているのが常なので、急な訪問は珍しいことだった。

「その飛狼竜たちにだ。飛狼竜に乗って、ローゼン国の王太子が我が国に親善のためにやってくるからな」

「いつ決まったのですか⁉」

叫んだ拍子に、持っていた釣り書きを落としてしまう。重要なことなのに、私は一切聞いていない。

「正式には一週間前だ」

ということは、内々の打診はもっと前にあったということだ。

「どうして教えてくれなかったのですかっ！」

ありえないことだ。警備の問題で直前まで公表しないことはあれど、第一王女ならば当然把握していなければいけない案件である。

兄は悪びれた様子もなく、うっかりしていたと笑っているが、うっかりにもほどがある。ローゼン国からの使者、それも王太子が自らがやってくるなんてモロデイ国にとって一大事だ。

「うっかりでは困ります！　準備は大丈夫なのですか？」

「すまん、だが準備は問題ない。ローゼン国からもてなしは不要と言われているから、仰々《ぎょうぎょう》しいことは行わない予定だ」

ゴーヤン王国との裏での交渉が忙しかったにしても、兄にしては本当に珍しい失態だ。今にして思えば、急遽新しい厩舎を建てたのも、飛狼竜たちのためだったのだろう。

「これはまだ内々の話なんだが、ロウドガ王太子はモロデイの至宝に興味があるようだ」

「サミリスには伝えたのですか？」

「いや、伝える必要はない」

兄がきっぱりと言い切ったのは、断るのが決まっているからだ。

ローゼン国としては、第二王女との婚姻で繋がりを深めたいと思っているのかもしれないが、サミリスを国外に出すことは絶対にない。

こちらの事情をローゼン国に伝えはしないが、丁重に断れば揉めはしないだろう。あの蒼王の息子だから、ロウドガ王太子も断られたくらいで激高などしないはずだ。

それよりも私は気になることがあった。

王太子と一緒に来る飛狼竜騎士団の中にタイキはいるのだろうか。優秀な飛狼竜騎士である彼は選ばれるはずだが、たぶん会えないだろう。彼が怪我を負ってからまだ一ヶ月も経っていない。複数の肋骨にヒビが入っていたのだから、飛狼竜に乗って翔《と》ぶのは無理に決まっている。

……すごく会いたい。

でも会えなくてよかったと思っている自分もいた。彼にどんな顔をして会えばいいのかまだわからない。それに、自分がどんな反応をするのかもわからないから……

思い出になるにはまだまだ時間がかかりそうだ。

私は自嘲気味に笑うと、また釣り書きの山に集中するふりをしてこの話を終わらせた。


そして、翌日。

午前中にローゼン国の王太子一行が我が国に到着した。あちらの希望により、国王夫妻と王太子と数人の重鎮たちのみで出迎え、顔合わせは夜会で行われることになっている。

そのため、私は朝からほかの公務をこなしていた。

今回やってくる騎士たちの中にタイキの名前がないことは昨日の時点で確認済みだ。

それでも飛狼竜たちには会えるのは喜びでしかない。だから夕方に公務を終えた私は、夜会の身支度をする前に新しく作られた厩舎へ向かっていた。

「お久しぶりです、カナニーア様」

「アル様、お久しぶりです。ローゼン国では大変お世話になりました。あの子たちに会いたいのですが、入ってもいいですか？」

「もちろんです。どうぞ、お入りください」

飛狼竜騎士のアルが厩舎を警護していた。ここの警護はモロデイ国の者でなく、何かあったときに飛狼竜を扱える飛狼竜騎士に任せている。彼とはそんなに話したことはなかったけれど、快く通してくれた。

中に入ると、そこには飛狼竜しかいない。飛狼竜で翔《と》んできた彼らは侍女を帯同させていないから夜会の準備などで忙しいのだろう。

そういえば、今回の訪問でローゼン国の王太子も飛狼竜騎士――そうでなければ、飛狼竜に乗ってここまで来られない――だと知った。王太子としての公務をこなしつつ、騎士としての訓練を積むのは容易ではないはず。それを両立させるとは相当優秀な人物だろうから、きっと兄と気が合うことだろう。

「みんな、久しぶりね。元気だった？」

「「「グルルルゥ……」」」

私に向かって飛狼竜たちは一斉に歯を剥《む》き出しで唸ってくる。尻尾もグルングルンと全力で回っていて、ちゃんと覚えてくれているのだ。

「グレちゃん、あいかわらず赤毛が格好いいわね。フロルはますます美人さんになって」

一頭、一頭に声をかけていくと、グルゥッとうれしそうに返事をしてくれる。

「あら？　知らない子がいないわね……」

飛狼竜には相棒である騎士が決まっていて、基本はその組み合わせで行動をともにする。ここに全部の飛狼竜が揃っているから、私の知らない王太子の相棒がいるはずなのだけれど見当たらない。

もう一度見回してみるが、やはりみんな知っている子たちだ。

相棒でない飛狼竜にも乗ることは可能だが、とても大変だと聞いている。何かあったのか、それとも王太子は相棒だけでなくどの子も普通に操れるのだろうか。話を聞いた限りでは誰もそんなことは言っていなかった。

「グレちゃん、ロウドガ様はどの子に乗ってきたの？」

「グルルル！」

自分だというふうに胸を張って応えるグレゴール。

「あっ、グレちゃんだったのね」

冷静に考えれば簡単なことだった。タイキが来ていないのにグレゴールはここにいる。きっと王太子の飛狼竜の体調不良などで急遽、飛び抜けて賢いグレゴールが選ばれたのだろう。

大役をしっかりと務めているグレゴールの頭をなでていると、みんな一列に並んでお行儀よく頭を出してくる。毛を梳いてもらうのを待っているのだ。

「はいはい、順番ね」

飛狼竜たちのひよこ毛をもこもこにしていく。至福の時間を堪能し終わると、やはりあれを試したくなってしまう。……やってもいいかしら？

グレゴールは私の気持ちに気づいたのか、どうぞという感じで待っているように見える。さすがはグレちゃんだ。それなら遠慮なくやらせてもらってもいいだろう。

真剣な表情をした私がグレゴールの前に立つと、ほかの子たちは自然と後ろに下がる。深く息をはいてから、久しぶりとなる難解な発声に意識を集中させる。

「グレゴール、※＄！」

――シュタッ！

私の手のひらの上にグレゴールの鋭い爪がちょこんと乗った。私を傷つけないようにぷるぷると震えている爪が、なんとも言えず可愛すぎる。

私とグレゴールは互いを褒め称えるように笑みを浮かべ見つめ合う。グレゴールはさらに歯を剥《む》き出し涎《よだれ》をダラダラと垂らして、僕ってすごいよねと誇らしげだ。

「グレちゃん、ありがとうね」

「グルゥ」

いつもならそっと爪を下ろすのに、今日はまだ乗せたまま頑張っている。久しぶりの再会だから、私を喜ばせようと気を遣ってくれているようだ。

その健気さに目頭を熱くしていると、突然グレゴールの尻尾がすごい速さで回転し始める。こんな反応を見せる相手はひとりしか思いつかない。けれど、彼はここに来ていないはずで……

「グレゴール、モロデイまで来て何やってんだよ」

呆れながらも笑っているその声は、ずっと聞きたいと私が願っていた声。嘘、そんなことって……。心の中でつぶやいた声は震えていた。振り返れずにいると、グレゴールは下ろした手を使って器用に私の体の向きを変える。

そこには、愛しい人が以前と変わらぬ元気な姿で立っていた。

「……タイキ様？」

「久しぶりだな、カナニーア王女。なんで疑問形なんだ？　まさか俺の顔を忘れたとかないよな」

忘れるわけない。その声も、その髪も、その瞳も、すべて私の心に刻まれている。

「お名前がなかったはずですが……」

夢にまで見た再会だというのに、最初に出てきた言葉は情緒の欠片もないものだった。さぞかし間の抜けた顔を私は彼に晒しているのだろう。

彼に会えてうれしくてたまらない。けれども予期していなかったから、心と言動がちぐはぐになってしまっている。……そんな自分がどうしようもなく恨めしい。

タイキは私の目をまっすぐに見つめながら、ゆっくりと近づいてくる。

「ん？　手違いかもな。それよりも、俺のことをカナニーア王女が覚えていてくれてほっとしたぞ」

「忘れるなど絶対にありません！　……また、こんなにすぐにお会いできてうれしいです。タイキ様」

「俺も会えてうれしいよ」

にやりと笑う彼の赤い瞳に映る私はやっと心と言動が一致して、満面の笑みを浮かべていた。どんな顔をして会えばいいのかとあんなに悩んでいたくせに、いざ彼を前にしたら素直になってしまう自分がいる。

彼は私を安心させて笑顔にしてくれる人。だから、こんなにも惹かれてしまう。

聞きたいことがたくさんあるし、あのときのことも謝りたい。でも一番気にかかるのは……

「タイキ様、怪我の具合はどうなのですか？　翔《と》んできて悪化などしていませんか？　お医者様の許可は──」

「カナニーア王女は心配性だな。大丈夫だからここにいる。飛狼竜騎士にとって肋骨にヒビなど大したことはないって言っただろ？」

タイキの顔色はいいけれど、意識のないままベッドに横たわっている彼を覚えているからやはり心配になってしまう。もう二度と彼をあんな目にあわせたくはない。

「鍛えているからこの通り平気だ。それとも会えてうれしいというのは社交辞令か？　まさか追い返そうとしているのか？」

「そんなことないです。本当に会いたいと思っていたのですから！」

冗談だとわかっていても、ついムキになってしまうのはこの想いを冗談にしたくないから。すると、彼は笑うのをやめて尋ねてくる。

「それはなんでだ？　カナニーア王女」

「えっ？　なんでとは……」

「理由が知りたい。教えてくれ、どうしてそんなにも俺に会いたかったのか」

答えは、彼を愛しているから。私はもう後宮の華候補ではないし婚約者もまだ決まっていない。だから、想いを伝えるだけなら許される立場にある。

でも、いざとなったら心の準備ができていない自分がいた。

考えてみれば告白など一度もしたことがないうえ、誰からも教わってもいない。落ち着いてと心の中で自分に言い聞かせるけれど、目が泳いでしまう。

「……あの、謝りたくて」

「ん？　何をだ？」

嘘をついたら彼に見破られる気がして、もうひとつの理由を話すことにした。

「あのとき、タイキ様の許可を取らずにあんな真似をしたことです」

「あれはカナニーア王女の覚悟を見抜けなかった俺の失態だ。ひとりで頑張ってグレゴールを翔《と》ばしてくれて感謝している」

タイキはあのときの私の行動を評価してくれているけれど、私が謝りたいのはそこではない。

「……違います。あのときの判断ではなくて、その手段について謝りたいのです」

彼の唇を勝手に奪ってしまったことを、ちゃんと謝らなくてはいけない。

「ああ、あれのことか……」

「……はい、あれです」

あれで通じてほっとしていたが、気恥ずかしさから彼の目を見られない。どうやってこの空気を変えようかと必死に考えていると、彼が口を開いた。

「あれは勝手だったな」

「……本当にごめんなさい」

彼の言葉が胸に突き刺さる。不快に思っていなければ、こういう言い方はしないはず。唇を噛み締めて涙をこらえる。

「カナニーア王女はあれが両国間の問題に発展するのを危惧しているんだな？」

「いえ、そんなことは……」

私が気にしているのはもっと個人的な感情で、あれが国際問題にまで行きつく要素などないはずだ。もしかしてあっただろうか。いいえ、それはない。

「その気持ちはよくわかるぞ。王女として些細な憂《うれ》いも残したくないんだな」

「いえ、私はそこまで大袈裟《おおげさ》には考えてはいません」

「さすがは王女の鑑《かがみ》だ。俺としても国際問題は避けたい」

会話がまったく噛み合わないまま進んでいくけれど、それを気にしているのは私だけだった。

……彼が何をしたいのかまったくわからない。

「ですから、それほどのことでは……」

必死でそうではないのだと訴えるけれど、彼は見事に聞き流す。もう涙の心配どころではない。

「大丈夫だ、カナニーア王女。これで相殺だ」

「相殺……？」

首をかしげながら聞き返すと、彼は少し屈んで顔を傾け、私の唇にそっと自分の唇を重ねてくる。

――それは一瞬、でも永遠とも感じる時間。

「これは仕返しだ、カナニーア王女」

私の唇に温もりを残したまま、彼はゆっくりと離れていく。

これが仕返しだというならば成立していない。だって、私はこんなにも幸せな気持ちになってしまっている。

「仕返しは嫌だったか？」

それは、今まで聞いた中で一番優しい声音《こわね》だった。彼は目を細めながら片方の口角だけ上げ、動けない私を見つめてくる。

喜色を帯びた声が出てしまったら恥ずかしいから、彼の問いに首を横に振って答える。

彼はそんな私を見て、これでおあいこだなとうれしそうにつぶやく。

もしかしたら彼も私と同じ気持ちかもと期待してしまう。彼の想いを聞いてみたい。勇気を出して胸に秘めている想いを告げてしまおうか。そう思うのに、口づけの余韻で言葉が出てこない。

「夜会で一緒に踊ってくれるか？　カナニーア王女」

「喜んで……」

「じゃあ、夜会でな」

タイキはそれだけ約束すると先にこの場から去っていった。今夜開かれる夜会に、ローゼン国からほとんどの飛狼竜騎士が参加すると聞いている。だから彼は誘ってくれたのだ。

聞きたいことも聞けていないのに、あんなうれしそうな顔をしながらいなくなってしまうなんて……ずるいわ、タイキ様。こんなに夜会で踊るのが待ち遠しいのは初めてだった。

唇にそっと人差し指を当て彼の温もりを感じていると、ふと大切なことを思い出す。

「グレちゃん、どうしよう。私、踊りが下手なの忘れていたわ……」

厳しい現実を前にふわふわしていた気持ちが一瞬で冷める。

足を踏んでしまったらどうしようと今さら頭を抱えていると、心配そうなグレゴールと目が合う。

そういえばと素朴な疑問が浮かぶ。ロウドガ王太子は結局どの子に乗ってきたのだろうか。

「グレちゃん、タイキ様を乗せてきたのよね？」

「グルル！」

胸を張って答えるグレゴール。やはり相棒の騎士がいれば当然そうなるだろう。

「それではロウドガ様は誰に乗ってきたのかしら……」

「グルル！」

独り言のつもりだったのだけれど、グレゴールが反応する。

「……。ごめんね、もう一度言ってくれる？」

「グルル！」

飛狼竜と意思疎通ができていると思い込んでいたけれど、そうではなかったらしい。どの返事も「僕が乗せてきた！」としか聞こえないのだから……

私もまだまだねと少しだけ落ち込みながら厩舎をあとにする。でも、私の足取りは行きよりも帰りのほうが軽やかだった。

そして、数刻後。夜会はもう始まっているのに、私はまだ大広間の中に入っておらず扉の前で息を整えている。

遅れてしまったのは、支度を終えた私が母やサミリスと一緒に大広間に向かおうとしたまさにそのとき、予期せぬ出来事に見舞われたから。

――バシャン！

『申し訳ございません、カナニーア様』

侍女が手を滑らせ、持っていた水差しを落としてしまった。幸いなことに割れはしなかったものの、私のドレスの裾が濡れてしまい、着替えを余儀なくされたのだ。急いで着替えて小走りで来たけれど、やはり間に合わなかった。

扉の前で控えている者たちは、どういたしますかと尋ねてくる。

普通ならば扉を開けると同時に臣下が名を大広間に響き渡らせ、その登場を周囲に知らせるのが慣例となっている。しかし、遅れてきた王族の扱いなど――そもそも遅れるなどありえないから――決まっていない。

「目立たないように入りたいから少しだけ扉を開けてちょうだい」

「かしこまりました、カナニーア様」

この夜会はローゼン国との親善を目的として開かれているのだから、モロデイの王女が遅れたうえに注目を集めるのは好ましくない。そっと中へ入る第一王女に、近くにいた者たちは気づいたけれど、私の意図を察して目礼のみで挨拶してくる。

まだ踊りは始まってはおらず、中央には多くの人が集まっていた。

きっとその中心に我が国の王族とロウドガ王太子がいるのだろう。

本来ならすぐに私も挨拶すべきだけれども、私の登場で話を遮ることになってしまったら、それは失礼な振る舞いとなってしまう。どうしようかと考えていると、人垣の隙間から兄の姿が見えた。

私の存在に気づいた兄は、少し待つようにと目配せしてくる。区切りのよいときを見計らって呼んでくれるのだろう。私はその場で待ちながらさり気なく赤い色を捜し始める。

タイキ様はどこかしら？

ローゼン国の飛狼竜騎士たちも正装姿で大広間に散らばっているから、彼もすでに来ているはずだ。

モロデイ国には彼ほど鮮やかな赤髪の人はいない。だから、すぐに見つかると思っていたのに、なぜか見つけられない。おかしいなと思っていると声をかけられる。

「カナニーア様、お久しぶりです」

「まあ、ゾルド様。お久しぶりですね。モロデイ国にようこそおいでくださいました」

飛狼竜騎士の正装は青で統一されているようで、彼も青色の服を着ていた。簡易な騎士服のときと違って、首元までしっかりと留めているので彼でも真面目に見える。それがなんだかおかしくて、くすっと笑ってしまう。

「おおっ、そのドレスはもしやタイキの色ですか？　カナニーア様はなかなか大胆ですね、でもすごく素敵です！」

「ドレスはたまたまです！　タイキ様とは関係ありません。おかしなことを言わないでください」

「そういうことにしておきますね、カナニーア様」

彼は片目を瞑《つむ》って意味ありげに笑っている。見た目は真面目に見えても、中身はいつも通りの軽いゾルドだった。彼とタイキは仲がよいから、私と踊る約束をしているのを聞いたのだろう。

でも、だからと言ってタイキの色をまとうなんてするはずない。まだ私と彼はただの友人で、それ以上ではないのだから……

今、着ているドレスが赤なのは着替え用に差し出されたのがこれだったからだ。

『カナニーア、これになさいな』

『赤ですか……』

母が侍女に持ってこさせたドレスは初めて見るものだった。

『ええ、あなたに似合うと思って作らせたのよ』

『私には少し派手ではないですか？』

『そんなことはないわ。落ち着いた色ですものあなたの髪が映えるわよ』

半信半疑で着てみたら意外にも似合っていてうれしく思ったのは、ほんの数十分前のこと。

だからこの赤はタイキとは本当に関係ない。いつかそういう意味で赤をまとえたらと思っているけれど、……それは私だけの秘密。

無意識に唇を触っていることに気づいた私は、慌てて手を下ろす。

「ところでタイキ様がどこにいるか知っていますか？　見当たらないのですが……」

「あそこにいますよ、カナニーア様」

ゾルドの視線は広間の中央を指していた。ぱっと見では赤色の髪は見当たらないから、タイキは中心に――つまり王太子の近くにいて姿が隠れてしまっているのだろう。

「ロウドガ様のおそばで控えているのですか？」

「うーん、ちょっと違いますね」

「何が違うのですか？」

「そばにいるのではなく、えーと、なんというか、うーん」

ゾルドにしては珍しく歯切れが悪く、難しいことを尋ねているわけでもないのに答えない。

彼の言葉を待っていると、私を呼ぶ兄の声が聞こえてきた。その声のほうに目をやると、第一王女が通るために人垣が割れていて、中心にいる人たちが見える。

モロデイ国王夫妻、王太子のジェルザ、第二王女のサミリス、そして私が捜していた人がいた。

「我が国の王太子――ロウドガ・レイ・サイラス・ユウ・タイキ・ローゼンです。カナニーア様」

ゾルドが真面目な口調でそう告げてきた。

私の目に映っているタイキは青い騎士服ではなく、真っ白な衣装を身にまとっていた。それはどう見てもひとりだけ特別なもの。

つまり彼がローゼン国の王太子である証。

「あー、びっくりしますよね？　気持ちはわかります。ただの飛狼竜騎士が本当は王太子だったなんて、なんの冗談だって思いますよね？　そのうえ口も悪いし。あっは、は、もう詐欺ですかね？」

ゾルドは頬を引きつらせながら、畳みかけるように喋りかけてくる。決して無視しているわけでないけれど、私は驚きすぎて言葉が出てこない。

そして、ロウドガ王太子であるタイキから目が離せない。

「やっぱり怒ってますか？　そうですよねー、だって立派な詐欺ですから。でも誓って私は関係ありません！　……なんてわけにはいかないですよね。あの、カナニーア様？　おーい、大丈夫ですか？　なんでもいいから言ってください、お気をたしかに！」

衝撃で私が倒れるのではと危惧したのか、ゾルドは必死に声をかけてくる。だから、私はまず思ったことを素直に言葉にしてみた。

「えっと、名前が長くて驚きました」

ゾルドが吹き出した。

「第一声がそこですかっ!?　カナニーア様、最高です！　騙《だま》していたのね！　とか、ひどいわっ！　とか、まずは罵倒するもんじゃないんですかねー？」

笑いながら聞いてくるゾルドはとてもうれしそうだ。失礼の一歩手前、どころかとっくに越えているけれど、彼だと腹が立たないから不思議だ。

彼に問われて改めて考えてみるが、実は全然思わなかった。

彼の名前はロウドガ・レイなんとか？　タイキ・ローゼンだから、タイキと名乗ったのは偽りではない。さらに、彼は王太子ではないと言ったことは一度だってないし、私が彼に身分を尋ねたことも覚えている限りない。

つまり、私はだまされてはいない。ただ知らなかっただけ。私だけでなく、みんな知らなかった。

では、ローゼン国の王太子について知っていたことはなんだろうか。

絵姿《えすがた》のロウドガ王太子の髪も瞳も蒼で、その顔はぼやけていたこと。そして、公表している名が『ロウドガ・ローゼン』だったこと。前者は絵師の腕の問題で、後者は長い名を省略しているだけだ。

それなら、偽りなど一切ないというのが表向きの事実となる。

情報操作などはどの国だってやっていることで、ローゼン国のそれが他の追随《ついずい》を許さないほど優れていただけのこと。

それに、驚いたけれどもそれ以上に、ああそうだったんだなと素直に思えている。

タイキは私にいろいろな顔を見せてくれていた。その中には上に立つ者のオーラをまとう彼もたしかにいた。

まさに今、目の前にいる彼だ。凛々しいその姿は偽りではなく、また飛狼竜騎士としての姿も本物。そのすべてが彼であり、彼自身は何ひとつ偽っていないし変わっていない。

——そんな彼に私は惹かれた。

「カナニーア、こちらへ」

「はい、お兄様」

私は兄に促されて、モロデイの第一王女としてロウドガ王太子に挨拶をするためにゆっくりと歩いていく。

タイキはまっすぐに私を見つめていたが、なぜかサミリスの立ち位置は微妙に彼に近いものだった。

ローゼン国の王太子を前にして、私はうやうやしく礼をとる。

「第一王女のカナニーアでございます。ご挨拶が遅れまして大変申し訳ございません、ロウドガ様」

「お目にかかれて光栄です、カナニーア様。あなたのご尽力のおかげでこうして両国の絆が深まり感謝しています」

タイキは王太子としてこの場に立っているので、私はそのように接することにした。それは正解だったようで、彼も初対面として丁寧な口調で挨拶を返し、お互いに目だけで笑い合う。

私は私で、タイキはタイキ――ふたりの関係は何も変わらない。

型通りの挨拶を済ませると、ローゼン国の王太子を囲んでまた談笑が始まる。歓迎の夜会なので政治的な話は避け、当たり障りのない話題ばかりだけど、タイキと兄がうまく話を盛り上げ和やかな雰囲気になっている。やはりふたりは気が合うようだ。

周囲を囲むモロデイの貴族たちの表情もみな一様に明るい。

そして、会話を重ねていくうちに気になっていたサミリスの立ち位置の理由がわかった。重鎮のひとりが挨拶のときに『ロウドガ様は我が国の至宝にご興味がおありと聞きましたが……』と満面の笑みで口を滑らせていたようだ。

両国の明るい未来を願って先走ってしまったのだろう。政略結婚が成立し、ローゼン国とより絆が強固になることを望まぬ者などいない。

サミリスはそれを聞いて、第二王女として責務を果たそうと考えたのだろう。微妙に近いが失礼にはならない距離で、あの子なりにこの政略結婚に前向きだと、さり気なく伝えようとしている。サミリスは以前ローゼン国に対して失礼な振る舞いをした。それなのにその非礼を謝ることもせず、今度は手のひらを返すように態度を変える。

——国の信用が揺らぐから、王族が筋を通さずに行動するなどあってはならない。

しかし、サミリスはそこまで考えが及ばず目の前のことで精いっぱいだ。

やはり、この子は国内の貴族に嫁ぎ平凡に生きる道しかない。それはモロデイ国のためでもあり、サミリス自身のためでもある。政略の駒として嫁いだのに失敗したら露《つゆ》と消えることもあるからこそ、家族としてこの子を守りたいのだ。

そんな事情を知らないサミリスは私の目の前で、誰をも魅了する可憐な笑みをタイキに向け続ける。それは『モロデイの至宝』とは自分だと信じているからこそ。たしかにモロデイの至宝とは第二王女のことだけれど、彼にとっては違う。

——『真の至宝はカナニーア王女だ』

あのときの彼の言葉があるから、私は不安を感じないでいられる。

「そろそろ踊りが始まるようです。よかったら、ロウドガ様もいかがですか？　あなたと踊りたい者たちが我が国にはたくさんおります」

「モロデイの踊りをうまく踊れる自信はありませんが、ぜひ誘いたい方がおります」

「それはモロデイの至宝のことでしょうか？」

兄が形式に則《のっと》ってタイキに踊りを勧める。そして、探るような視線をタイキに向けながら至宝という言葉を口にした。タイキの真意を兄として見極めようとしているのだ。

「誘う許可をいただけますか？　ジェルザ殿」

タイキはその眼差しを私に注いだまま、兄の質問に対して質問で答える。私の名を出さなかったのはもったいつけたわけではなく、兄にはそれで十分に伝わると確信しているようだった。

だが、返事をしたのは兄ではなくサミリスだった。

「私はお受けしたいと――」

「ロウドガ様。カナニーアを誘う前にモロデイの国王としてひと言申し上げてよろしいか」

「サミリス、おさがりなさい」

サミリスの言葉を遮ったのは父だった。続いて、母が唖然としているサミリスに厳しい言葉をかける。

「……はい」

父と母の言葉で、ようやく自分の勘違いにサミリスが気づく。うなだれたまま静かに後ろに下がり、母はその背に優しく手を当てる。

あの子なりに頑張ろうとしていたのを――それが空回りだとしても――周囲もわかっているから、みな責めるような目で第二王女を見ることはなかった。しかし、それ以上の助け舟は誰も出さない。優しくするだけが愛情でないからだ。自分で考え学ばなければ、サミリスは成長できない。

きっとサミリスも私たちの想いを誤解はしていないだろう。唇を噛みしめているけれど、そこに負の感情はなく、ただただ己の間違いを恥じているだけだった。

父はサミリスが理解したのを確認してから、再びロウドガ王太子に向き合う。

「モロデイ国とローゼン国が婚姻という形で結ばれるのは我が国としても喜びでしかありません。ですが、その判断は第一王女に一任しておりますのでご承知ください」

……お父様、ありがとうございます。

父が口にしたのは私への揺るぎない信頼だった。続けて、母がサミリスの隣に立ったままで口を開く。

「今宵のカナニーアのドレスの色はロウドガ様の色彩と一致しております。ですがこれは現時点では偶然でしかありません、本当にたまたまですわ。この意味を変えるかどうかは、カナニーア次第ですので、覚えておいてくださいませ」

……いくらなんでも言いすぎです、お母様。

笑みを浮かべた母の顔が滲んで見えてくる。

父も母もすべて知っていたのだ。ドーラから兄へ、兄から両親へ、情報漏洩どころでなくすべて筒抜けだった。あの着替えも母が仕組んだことだったのだろう。そうでなければ、優秀な侍女があんな粗相をするはずないし、この赤い衣装も用意はされていなかったはず。

――それは惜しみない愛情ゆえ。

愛されていることを疑ったことは一度だってなかった。でも、こんなにも愛され守られていると知って胸がいっぱいになる。

それから、ローゼン国からも事前に何か伝えてあったのかもしれない。だってタイキは情報操作が得意なあのローゼン国の王太子なのだから。

……きっとそうだわ。私の預かり知らぬところで、私をこんなにも大切に想っている人たちが動いていたのだ。その事実に胸が熱くなる。

タイキは微笑みを崩さずに、今度は兄に向き合う。

「ジェルザ殿からは何かありますか？」

「……ではひと言だけ。私は大切な妹を傷つける者は誰であろうと許しませんので、お忘れなきようお願いします」

兄が発した言葉に、広間は一瞬で静まりかえる。

小国であるモロデイの国王、王妃、それに王太子までもが、大国の王太子相手に『第一王女を蔑《ないがし》ろにしたら許さないからな、覚えていろよ！』と丁寧な口調とはいえ告げるなんて、前代未聞である。

ここでローゼン国が激怒したら、さっきまで安泰だと思っていた国の未来に暗雲が立ちこめるのは必至。みな固唾を呑んでロウドガ王太子の言葉を待っている。

しかし、当の本人たちの表情から笑みが消えることはなかった。

「モロデイの至宝であるカナニーア王女に、ローゼンの至宝となってほしいと私は願っています。しかし、それはカナニーア様がそれを望んでくれたらのこと。ですから、踊りながら私の想いを伝えたいと思っておりますので、どうか誘う許可をいただきたい」

静まり返っていた広間が一瞬で沸き立った。

正式な婚姻の申し込みではないが、公然の場で口にしたということはそれと同等の意味を持つ。

父が黙ったまま深くうなずくと、タイキは私にうやうやしく手を差し出してきた。その手に私の手を重ねると、周囲からまた歓声が上がる。

タイキは微笑みながら私の耳元に顔を近づける。

「カナニーア王女、踊るぞ」

タイキの口調は私がよく知ったものに戻っていた。周囲の歓声にかき消され、私たちの声はお互いにしか聞こえない。

王太子の格好なのに、中身はいつものタイキ。その差になんだか胸がどきどきしてしまう。

「こういうときは、踊ってくれませんかと申し込むものではないのですか？　タイキ様」

男女の駆け引きで焦らしているのではなく、ほんのちょっとだけ意地悪をしたかった。

内緒にしていたことを怒ってはいない、でも気づかなかったことは悔しくもある。今思い返せばヒントはあったなと思うからこそだ。

「事前に約束したぞ。だから、これは決定事項だ」

私の体を引き寄せると、当然のごとく腰にタイキは手を当てる。強引な動作だけれど、宝物に触るかのように優しい手つきだった。

「まさか、断るのか？　そしたら国際問題にまで発展するかもな」

「こんなことでですか？」

ふふっと私が笑うと、タイキは目を細める。

「俺にとって最重要案件だ。それともまた仕返しをされたいのか？　……ここで」

仕返しとは口づけのこと。まさか本気ではないだろうが、私は唇の感触を思い出して焦ってしまう。

「そ、それは駄目です。タイキ様！」

「でも嫌じゃなかっただろ？」

彼はいつもよりもずっと甘い声音《こわね》を使ってくる。

……ずるいです、タイキ様……

恥ずかしいから否定したいのに、私は言えなくなってしまう。

タイキが一流の狩人なら、私は間違いなく罠から抜け出せなくなっている獲物だ。でも、憐れな獲物を狩人は絶対に傷つけない。少しだけ獲物の反応を楽しむように意地悪するけれど、その腕の中で大切に囲って愛《いつく》しんでくれる。

一枚も二枚も上手《うわて》のタイキに翻弄されるのを、うれしく思っている私がいた。

同じ想いを宿した瞳で見つめ合っていると、演奏に合わせて人々が軽快に踊りはじめる。私たちも大広間の中央へ進み、手を取り合ってその輪に加わる。

モロデイ国とローゼン国の踊りは微妙にステップが異なるのに、彼の足捌きは完璧だった。私はというと、……残念ながらいつも通りである。

「大丈夫か？　カナニーア王女」

案じる言葉を口にするタイキからは、くぐもった笑い声が漏れている。今さら取り繕っても無駄だろうと開き直る。

「いいえ、大丈夫とは言えません」

……今だって踏みそうになっていた。

「そこは嘘でも、平気ですと見栄を張るものじゃないのか？」

「そういえば、平気そうに見えますか？」

「いや、見えんな」

彼は肩を小刻みに揺らしながら笑う。いくらなんでも笑いすぎだ。でも、馬鹿にしているわけでも、呆れているわけでもないのは伝わってきて、子供のように目を輝かせすごく楽しそうである。

ほっとするべきなのか、怒るべきなのか。……ものすごく微妙ね。

タイキの足を踏んだら悪いので、いつも以上に気を遣って踊っている。相手が兄だったら、もう三回は確実に踏んでいるだろう。さらに、今夜は特別に注目を浴びているから、そのせいで動きがいつもよりもぎこちなくなってしまっていた。……これは言い訳ではなく、客観的事実である。

「先に伝えずにすみません。実は私は踊りが苦手なんです、タイキ様」

「そんな気はしていた。カナニーア王女の運動神経がどの程度のものか、ローゼン国でしかと確認したからな。あれを見てれば、踊りの名手の真逆だとわかる。だが、それじゃ楽しめないだろ？足元を気にせずに俺だけ見て踊ってろ」

「でも、それではタイキ様の足を踏んでしまいます」

「大丈夫だ、俺を信じろ。カナニーア王女」

彼の言葉は信じられる、でも自分の足は信じられない。

難しい選択に悩む私の耳元で、俺を見てくれとあの声で囁いてくる。

もうっ、反則だわ……こんなふうに頼まれて断れるはずがない。ええいままよ、と足元から目を離して踊りだす。すると、なぜか一回も足を踏むことなく、すごく楽しく踊れている自分がいた。

こんなに華麗に踊れたのは初めてで、自分でも信じられない。……『華麗』の使い方が少々間違っているとは思うけれど、それくらいすごいことなのだ。私は嬉々として尋ねてみる。

「タイキ様。どんな魔法を使ったんですか？」

「これは危機察知能力だ。飛狼竜を相手にしている騎士はこの能力が飛び抜けて高くなる」

……私の危険度は飛狼竜級なのだろうか。

飛狼竜のことは大好きでも、そこを一緒にされると微妙な気持ちになる。しかし、あの子たちは文句なしに可愛い、そのうえ希少で価値も高い、ひよこ毛も最高と、よいところを思い浮かべ微妙な気持ちに蓋をする。もう気にならない……きっと……

「カナニーア王女がどんな動きをしようが俺は避けられる。だから好きに踊ってくれ」

「ええ、そうしています。こんなに楽しくお喋りまでできてすごくうれしいです」

兄とは違った楽しさなのは、足を踏むという罪悪感から解放されているからだろう。

「で、どうだ？」

「どうとはなんでしょうか？」

「俺はこの手を一生離したくない。ローゼン国の妃となったら大変なこともある。だがひとりで泣かせはしない、いつだってそばにいると誓う。俺はこの手を離さなくていいか？　カナニーア王女」

タイキは握っている私の右手を引き寄せると、うやうやしく口づけを落とす。

彼の赤い瞳は私を捉えて離さない。それは今だけでなく、出逢ったあのときからずっと。いつだって彼は心も体も寄り添ってくれていた。

――タイキから離れたくない。ずっとその赤い瞳に私だけを映していてほしい。彼でなくては嫌だ、彼以外なんて考えられない、彼と一緒に歩みたい。

こんな想いは初めて……

いつだって王女として冷静に考えようとする私がいた。そんな自分は嫌いではないし、誇りを持って生きてきた。

でも、譲れない想いを抱えた今の自分のことも好きだと胸を張って言える。私は優しく包み込むように握られている右手で、彼の手を強く握り返す。

「私もタイキ様の手を離したくありません」

「なら、決まりだな。一応言っておくが、まだ口約束だからと撤回したら国際問題だからな。ローゼン国の国力を舐めんなよ」

タイキは笑っているけれど、その目は本気だった。もし私が約束を反故《ほご》にしたら、彼は有言実行するだろう。……大国の無駄遣いですね、タイキ様。

「タイキ様こそ大丈夫ですか？　私の踊りの腕は上がりませんけど、話が違うとあとからは言えま

せんよ？」

私は眉間に皺を寄せて念を押す。自分に足りない部分を努力で補ってきたけれど、こればかりはどうにもならなかった。いつかはなんて期待されたら困ってしまう。

「大丈夫だ。それにいざとなったらこういう手もあるからなっ」

「えっ、何を、きゃー。タイキ様っ！」

タイキは私の体を軽々と右腕の上に乗せて、左手は私の手を握ったまま踊り続ける。もちろんステップを踏んでいるのは彼だけで、私の足は宙に浮いている。こんな踊り方はモロデイ国ではしない！

「あの、ローゼン国の文化を否定するつもりはありませんが、すごく恥ずかしいです！　タイキ様」

暗に降ろしてほしいと伝えるも、彼のたくましい右腕は緩むどころか力が入り、お互いの体がさらに密着する。彼が長身で動きが機敏なので、こんな格好でも様になっているのが唯一の救いだ。

「ちなみにこれはローゼン流の踊りじゃない。しいて言えば俺流の虫除けだ。ほら、効果てきめんだ」

彼の視線の先には、兄とドーラと元婚約者の姿があった。タイキのことだから私の元婚約者の言動も把握済みなのだろう。兄は私たちの奇妙な踊りに大笑いし、その隣にいるドーラは涙ぐんでいて、それからマカトは顔を歪めている。

誰に効果てきめんなのかわからないほど、私も鈍くはない。そんな元婚約者を見ながら思ったことは……特になかった。彼は兄の側近でそれ以上でもそれ以下でもない。

「きゃっ！」

ぐるっと勢いよくタイキが回ったので、思わず彼にしがみつく。しっかりと支えてくれているのでグラつきはしなかったけれど、彼にしては乱暴な動きだった。

「……見すぎだ」

彼は思いのほか独占欲が強いらしい。

でも、私も勘違いして焼きもちを焼いたことがあったわね……もしかしたら似た者同士なのかしら。そう思って苦笑いしていると、彼に抱き上げられたまま、私たちの記念すべき初めてのダンスが終わった。私は初めて相手の足を踏まずに一曲踊りきることができた。途中から宙に浮いていたので物理的に踏むことはできなかったけれど、そこには触れないでおく。

——終わり良ければすべてよし。

踊り終わったあとも寄り添っている私たちに対して、両国間での政略結婚を確信した周囲から盛大な拍手が送られる。正しくは政略ではないけれど根掘り葉掘り聞かれてはたまらないから、私たちは否定せずに周囲の歓声に笑みで応えていた。

すると、ゾルドが近づいてきて高級そうな羊皮紙《ようひし》をさっと差し出してくる。

「タイキ様、これを」

「ご苦労、ゾルド。行くぞ、カナニーア王女」

なんの説明もないまま連れられて向かった先には父と母——モロデイの国王夫妻がいた。

タイキは礼をとってから、ローゼン国の王太子として婚姻を申し入れる。それに対して、満面の笑みを浮かべた父はローゼン国へ使者を送る旨を告げた。

他国の王族との婚姻に決まりはないが、使者を立てて挨拶を繰り返してから正式に婚約が結ばれるのが慣例となっていた。身分が高ければ高いほど、そういう面倒なしきたりがある。

「それには及びません」

タイキはそう言って、手に持っていた羊皮紙《ようひし》を提示する。

それはなんと、ローゼン国王の委任状であった。これさえあれば、形式を全部省いてこの場で婚約の成立も可能である。……が、いくらなんでもそれはありえないと頭《かぶり》を振ったのは私だけではなかった。

「しかし、挨拶をしてから……」

タイキの手際のよさを責めているわけではないが、父の歯切れは悪かった。国王として慣例を無視するのに抵抗があるのだろう。

「その手間は不要です。そのための委任状ですから」

「ロウドガ様、そんなに急がなくともよろしいのでは？」

母は反対しているわけではなく、急すぎる展開についていけないだけ。私に助け舟を出すように目で合図を送ってくる。けれど、私が動く前にタイキはすかさず切り札を出してきた。

「これは我がローゼン国の総意です」

「「御意！」」

一糸乱れぬ返事をしたのは飛狼竜騎士たち。迫力というか圧？　がすごくて、あれよあれよという間に正式に婚約が成立した。

周囲の者たちもポカーンと口を開けて唖然としている。この珍事は後世まで語り継がれるに違いない。名付けるならば『御意婚』だろうか。……うっ、恥ずかしすぎる……

このあと夜会は私とタイキの婚約成立を祝福する声に溢れ、華やかにその幕を閉じたのであった。


月の明かりに照らされた王宮は、数刻前の賑やかさが嘘のように、静けさを取り戻していた。ほとんどの者は夢を見ながら眠っていることだろう。

いつもは寝付きがいいけれど、いろんなことがあって気が高ぶっているせいか、眠れずにいた私は簡易な服に着替えると、ひとりで飛狼竜の厩舎へ向かう。

「どうしてここにいるのですか？　タイキ様」

誤解したことを早くグレゴールに謝りたくてきたのだけれど、厩舎の前で警備していたのは、簡素な騎士服に着替えたタイキだった。

「カナニーアが来ると思ってたから待っていた。それに俺が当番だしな」

彼はうれしそうに私の名を呼び捨てにする。正式に婚約を済ませたので、もうそれが許されるからだ。私はまだ恥ずかしいからタイキ様のままだけど……

「王太子なのに、ですか？」

「そっ、本当に容赦ないからな。ローゼン国は王太子までこき使いやがる。民にタダ飯を食わせてもらっているんだからその分働けだとさ。まっ、いいけどな」

不満そうな口ぶりとは裏腹に、その表情は誇らしげだ。王族として民に尽くすことに誇りを持っているのが伝わってくる。民に尽くすと口で言うのは簡単だが実際は難しいものだ。ローゼン国ほど有言実行の国はないだろう。そんな国に嫁げるなんて本当に夢のようだ。

ふたりで一緒に厩舎に入ると、飛狼竜たちはみんな眠っていて起きる気配はない。休むことなくモロデイ国まで翔《と》び続けたと聞いているから疲れが溜まっているのだろう。

「タイキ様、起こさないであげてください」

「いいのか？　グレゴールに謝りたいんだろ？」

「明日にします。あんなにぐっすりと寝ているのに起こすのはかわいそうですから」

すやすや寝ている飛狼竜たちの寝顔は起きているときよりもなぜか迫力が増している。でもぴぃーという鼻息は子犬のように可愛らしい。みんな、いい夢を見てね。

「なら、俺と少し話そうか」

「はい、タイキ様。実は私も話したいと思っていました」

「やっぱり俺たちは気が合うな、カナニーア」

踊っていたときにお互いの想いを確かめたけれど、周囲の目が合ったからお互いにローゼン国の王太子とモロデイの第一王女として振る舞っていた。だから、素のままでゆっくり話す時間があればいいなと思っていた。

私とタイキは寝ている飛狼竜たちに背を向ける形で柵に寄りかかる。お互いの肩が触れ合うほど近い。彼の体温を感じられて気恥ずかしいから、誤魔化すために適当な話題で気を逸らす。

「タイキ様の絵姿《えすがた》はまるで別人ですね」

「そうか？　どこの王族だって盛るってゴーヤンの王女も言っていただろ。だから少しだけ盛ったまでだ」

「ふふ、髪の色も目の色も違って、そのうえ顔も違うのに少しだけですか？」

「ふっ、だが目と鼻と口の数は同じだったろ」

なんとも大雑把《おおざっぱ》な絵姿《えすがた》だ。描かされた絵師はさぞかし微妙な気持ちだったに違いない。

この情報操作をうまく利用し、ローゼン国の王族は若いころ自由に動いて見識を深めているのだろう。

そのおかげで私は、飛狼竜騎士のタイキと巡り逢えた。あのぼやけた絵姿《えすがた》がなかったら、私たちはどうなっていただろうか。もしかしたら出会っても恋に落ちなかったかもしれない。王太子と王女として会ったならば挨拶をして終わっていた気がする。

意図せぬ偶然の積み重ねが繋がっていく。運命とは不思議だ。

「そうだ、サリー王女だが王族籍から抜けてゴーヤン王国の薬草治療院で修行中だ。あいかわらず文句ばかりでうるさいらしいが元気だと報告がきた」

「必死に頑張っているんですね」

サリー王女の現況が知れてほっとする。彼女には不幸になってほしくない。

ゴーヤン王国が抱える闇は後宮制度と深く関わりがある。後宮が悪だとは思わないが、うまく回していく者がいないと腐敗の温床になってしまうのだ。

モロデイ国には後宮はないが、後宮がある国も多く存在しローゼン国もその中のひとつだ。それは文化なのだから、私の常識で測《はか》っていいものではない。

いつかタイキが私以外の妃を娶《めと》ることもあるかもしれない。

……覚悟している。でもそのときもタイキには誠実であってほしいと願ってしまう。勝手に決めるのではなく、事前にひと言だけでも告げてほしい。そうしたら醜い嫉妬を胸の奥にしまい、第一妃として彼のことを支え続けることがきっとできるはず。

横に並ぶ彼の目をまっすぐに見つめる。

「タイキ様、お願いがあります。もし側妃を迎えるときは第一妃となる私に先に教えてくれませんか？」

「それはできない、カナニーア」

彼なら了承してくれると信じて告げた言葉だった。まさか断られるなんて思ってもいなかった。言葉が出てこなくて私はうつむいてしまう。きっと今の私は、まだいない側妃に嫉妬して醜い顔をしている。

……こんな顔は見られたくない。

タイキは私の頰に優しく手を当てて、私の顔を上に向かせる。けれど、私は彼から目を逸らしてしまう。そのまっすぐな瞳に誰かが映る日を想像したくないから。

「俺を見てくれ、カナニーア」

「……はい」

ふたりの視線がゆっくりと交わる。今、彼の瞳に映っているのは私だけで、その事実がうれしくもあり、未来を思うと苦しくもあった。

「カナニーア、俺の唯一無二になってくれ」

それは甘い囁きではなく、懇願だった。

私の目に映る彼はとても苦しそうに見える。なぜ彼はこんな顔をして、私への愛を告白するのだろうか。愛を囁いているというよりも、まるで懺悔《ざんげ》でもしているかのよう。どうして……

苦悶《くもん》の表情のまま彼は言葉を紡いでいく。

「後宮制度は後世に何があるかわからないから子孫のために残すが、俺はそれを利用しない。だから、唯一の妃であるカナニーアには相当な負担がかかることになる。許してくれ。どうか俺の我儘《わがまま》を受け入れてほしい。……愛しているんだ」

吐き出すように想いを告げてくるタイキ。愛する人を苦しめるとわかっているのに、愛するがゆえにその選択をすることで彼は苦しんでいるのだ。

ローゼン国はモロデイ国とは比べものにならないほど大きな国だ。外交も盛んで王妃が担う役割も大きく、対外的に狙われることもあるのだろう。妃が数人いれば公務も危険も分散されるが、たったひとりだとすべてが集中してしまう。

唯一無二の妃とは寵愛されている証。

それは王の弱点を他国に晒すことになり、ひいては妃が狙われる確率も高くなるのだ。彼は私の安全を考えれば後宮を利用するのが最善だとわかっている。でも私のことを愛すればこそ私以外を娶《めと》りたくないという。

――私は守られたいわけではない。彼の隣にいたいだけ。ひとりで苦しまないで……

「タイキ様、私は飛狼竜騎士ほど頑丈ではありませんが、生命力には自信があります。だって毒を飲んでもこの通り後遺症もなく元気ですもの。それに、しぶといので大抵のことなら乗り切れます。あっ、踊りは別ですよ。でもそれはタイキ様の危機察知能力で補ってもらえる約束ですから問題ありませんよね？　だからすべて大丈夫です」

彼は黙ったまま私の言葉に耳を傾けてくれている。でも、その顔は苦しそうに歪んだままだ。

「でもただひとつだけ、私の願いを叶えてください」

「なんでも言ってくれ」

その言葉通りにタイキはなんでも叶えてくれると知っている。

「その赤い瞳に生涯、私だけを映してください。これが唯一の妃になる交換条件です」

私は遠慮なく我儘《わがまま》を口にする。

「……随分と俺に都合のいい条件だな」

「たまたまお互いの願いが一致しただけです。私たちは気が合いますから。だから、私の我儘《わがまま》も叶えてくださいね。その目に私以外を映したら許しません。もし約束を破ったら仕返しです」

私は最後の台詞《せりふ》を言いながら自分の唇をトントンと指で叩く。

タイキの顔に浮かんでいた苦悶《くもん》の色が喜色へ変わっていく。上を向いて、片手で顔を隠しながら「くそっ、可愛すぎだ」とつぶやいている。耳が少し赤くなっているから、私から見えない顔はもっと赤いはずだ。

照れている？　……可愛い。

屈強な飛狼竜騎士に使う言葉ではないけれど、今のタイキにはぴったりの言葉。私はそんな彼の顔を両手で挟んで強引に自分のほうに向かせる。

「カナニーア？」

彼は不思議そうに私の名を呼んだけれど、その声には応えなかった。

「私の唯一無二になってください、……タイキ」

はっと息を呑んで固まっている彼の唇にそっと私の温もりを移す。

――これは仕返しではなく、私からの求愛。

自分でもなんて大胆な、と驚いている。もう一度同じことを請《こ》われても恥ずかしくてできない。

「離れたくない。俺のものに早くしたい。愛している、俺のカナニーア」

タイキは泣きそうな、それでいてうれしくてたまらないという表情で、赤く染まった私の頬を愛しむようになでる。

「私も同じ気持ちです」

「……俺が言った意味が本当にわかって言ってるのか？」

私がこくりとうなずくと、呆れたように息を吐いてから、彼は苦笑いしている。そんな彼に対して私が首をかしげていると、また上からため息が降ってきた。

モロデイ国ではため息をついた分だけ幸せが逃げると言われている。信じる信じないは別として縁起《えんぎ》は担いでおいたほうがいいから、彼の口元を軽く手で押さえた。

「まあいい、その答え合わせはあとだ」

彼はそう言いながら、少しだけ私から離れる。

「私は何か間違っていましたか？　それなら今、教えてください。タイキ様」

「……ぎりぎりなんだから煽《あお》るな」

何がぎりぎりなのか、会話の前後を思い返しても判断できない。ローゼン流の言い回しなのだとしたら聞き流すのはよくないだろう。嫁ぐ身なのだから知識は多いほうがローゼン国に早く馴染むことができる。

「煽《あお》っているとは、この場合どういう意味でしょうか？」

「それを聞くか……」

「はい、知りたいです」

「はぁ……、この話は終わりだ」

タイキは私の口を塞いで強引に終わりにする。

その口づけは今までと違って一瞬で終わらなかった。何度も啄《ついば》むように唇を重ねて、彼は私から温もりを奪っていき、代わりに自分の熱を私に残していく。なぜか火傷《やけど》しそうなほど熱く感じられ、押さえつけられていないのに逃れられない。体から力が抜けて何も考えられなくなる。

いいえ、タイキのことしか考えられない……はずだった。

「「クゥークゥー！」」

囃《はや》し立てるかのような鳴き声に振り返ると、目を輝かせながら私たちのほうを見ている飛狼竜たちがいた。誰も眠っている子はいない、いつから起きていたのだろうか。……いろいろと夢中だったから全然気づかなかった。

「もしかして私たちは冷やかされていますか？」

「さあな。だが、ゾルドを真似ているのは確かだ。あいつは仲間が婚約や結婚の報告をすると、ああやって囃《はや》し立てているからな」

ゾルドがヒューヒューと囃《はや》し立てる姿が目に浮かんでくる。きっと今のあの子たち以上に嬉々として茶化しているに違いない。

飛狼竜たちはその行動の意味を理解してやっているのか、それとも真似ているだけだろうか。たぶん、しっかりわかっているわね……そうでなければ、あんなに目を爛々《らんらん》とさせたりしないはずだ。

「賢すぎますね……」

「無駄にな。チッ、いいところで邪魔しやがって。&%$#”！」

タイキが寝ろと命じると、みんなは素直に体を横たえて寝る。しかし尻尾はブルンブルンと揺れていて、起きてますよと雄弁に語っている。それによく見ると薄目まで開けていた。

グレゴールだけは薄目が難しいようで片目だけ瞑《つむ》っている。足して二で割れば、薄目になるということだろうか。グレちゃん、それはただのウィンクよ……

そんな飛狼竜たちを見てタイキは頬を引きつらせている。それはそうだ、命令に従わずに狸寝入りする飛狼竜なんて可愛いの極み……ではなくありえない。でも身悶えするほど微笑ましい図である。

「お前ら、なんで邪魔すんだーーーー!!」

「「「グルルッ」」」

タイキの絶叫に飛狼竜たちは一斉に応える。『楽しいから』と私には聞こえた。おそらくこの解釈で間違っていないと思う。

「夜遅いんだから、楽しんでる場合じゃねぇっ！」

……ほら、合っていた。厩舎での求愛は飛狼竜たちからの盛大な祝福付きとなった。

私たちらしい始まりに、最後はふたりで顔を見合わせ大笑いする。こんなふうにずっと一緒に歩んでいくのだろうなと思うと、なんでも乗り越えられる未来しか想像できない。

翌日、タイキと父が話し合い、一年後に結婚式を執り行うことが決定した。タイキはもっと早くにと望んだようだけど、十ケ月後に控えている兄の結婚式を理由に父が一歩も譲らなかったらしい。ローゼン国相手に圧をかけるなんてと正直驚いたけれど、モロデイの国王としての矜持《きょうじ》だったのかもしれない。

それでも王族同士の婚姻としては異例の早さだが……

「カナニーア、攫っていってもいいか？」

自国に帰る前に物騒なことをさらりと言うタイキ。その真剣な眼差しを前にして、私は苦笑いする。

「そんなことしたら大問題になりますよ」

「ローゼン国の国力を利用したら黒だって白になるから問題ない。カナニーアが案じるようなことは起きないから安心しろ」

利用ではなく悪用で、攫われる時点で案じていることが発生しているのだから、安心しろと言われても無理な話だ。

「大きな問題しかありませんよ、タイキ様」

実行するかどうかは別として、その力は本当に持っている。

「俺を信じろ、カナニーア」

「絶対に信じられません！」

いや、うまくやりそうだなと思っているから、ここは『（やると）信じてます』が適切だろうか……

とりあえず、暴走しそうなタイキを止めるのが、彼の婚約者としての最初の仕事。複雑な気分だ。

「子供のころからみんなに祝福されて嫁ぎたいと思っていました。私の夢を叶えてくれますか？」

「脅してあとから祝福させる」

「それは駄目です。引きつった顔で祝福されてもうれしくないですから」

タイキの後ろに控えている飛狼竜騎士たちは自国の王太子ではなく、まだ他国の王女でしかない私を全力で応援している。まともな臣下たちばかりでよかった。

「それなら裏で――」

「と・に・か・く、駄目です。今回に限っては正攻法のみでお願いします、タイキ様」

「……わかった」

渋々答えるタイキの後ろで飛狼竜騎士たちは感涙に咽《むせ》んでいる。

こうして攫われることを回避した私は、飛狼竜騎士団とともにローゼン国へと帰国するタイキを、さびしさと少しの安堵が入り混じった笑顔で見送ったのだった。

十章　そして、ローゼンの至宝となる

離れ離れの一年間はさびしいけれど、王族の婚姻の準備には時間がかかるものだ。それからは婚礼衣装の打ち合わせや第一王女として任されている公務の引き継ぎなどに追われる日々となる。

そんななか、私とふたりだけになったときに母が内緒よと耳打ちしてきた。

「本当はもっと早くに嫁がせることもできたのよ。だってジェルザの結婚式には戻ってくればいいだけだもの。でもお父様はもう少しだけあなたを手元に置いておきたかったみたい」

「お父様、そんなことひと言だって……」

兄を慕っている私のために一年後にしたと父は言っていた。さびしい素振りなんて見せずに、ローゼン国に関する本を取り寄せ『妃になるのだから読んでおくといい』と渡してくれていたのに。

……国王として矜持《きょうじ》を守ったのではなかったのですね、お父様。

事実を知って胸に熱いものが込み上げてくる。

「お母様、教えてくれてありがとうございました」

「聞かなかったことにしてね。カナニーアから何か言われたら、きっとあの人は号泣してしまうわ」

いつだって国を、家族を、守るために威厳ある姿を見せてくれる父。泣いているところなど見たことはない。しかし、母の言葉を嘘だとは思わない。

「男親って駄目ね。こんな日が来るのは娘が生まれたときからわかっていたことなのに、いざそのときが来たらオロオロしてしまって。まあ、そのおかげであなたの準備に費やす時間が増えたと思えば、感謝しなくてはいけないわね。さあ、素敵なドレスを一緒に選びましょう」

そう言って振り返ると同時に、母はつぶやく。

「幸せになってね、カナニーア」

ドレスを選びながら涙ぐんでいる母を見て、私もつられてうれし涙をこぼす。すると、母は私を優しく抱きしめてくれる。背はもう私のほうが高く、幼いころのように母の胸に顔を埋めることはない。でも、その温かさは昔と寸分違わぬものだった。

そのあと、少し気が早いけれど、私は練習の成果を兄とドーラに披露してみることにした。

ドーラは正式に兄の婚約者となったあと、未来の王太子妃として公務の手伝いを始めている。私は準備の合間を縫って、ふたりがいる兄の執務室に足を運んだ。

「お兄様、お義姉様。いろいろとありがとうございました。ふたりのおかげで好きな人と結ばれることができます」

何度も練習したから完璧だった。ずっと前からそう呼んでいたようにしか聞こえない。

……お義姉様と、ずっと前からそう呼びたかった。ドーラは私にとって姉のような存在。やっとその願いが叶った瞬間だった。

兄は私の言葉に顔を綻ばせ、ドーラはその隣で一瞬固まって、それから唇を震わせ涙をこぼす。

「カナニーア、幸せになれよ」

「……うっ、うう……。カナニーア様……」

「お義姉様。義妹《いもうと》になるのですから、カナニーアと呼んでくださいませ」

「……カナニーア、……っ、うぅ……」

妹思いの兄は、今は兄の場所となったドーラの隣を私に譲ってくれる。やはり私とドーラは抱き合って号泣してしまい、兄はそんな私たちを目を細めて見ていた。

私はふたりの恋を叶えたくて蒼王にお願いをし、彼らは私の幸せを願って情報漏洩に勤しんだ。お互いを想う心が、それぞれをこれ以上ない幸せへ導いて今がある。

ローゼン国に嫁いだら頻繁に会うことは難しいけれど、この絆が切れることはない。どんなに離れていても想い合い続けるだろう。


そして、公務の引き継ぎをほとんど終えたころには、気づけば婚約から三ヶ月が過ぎていた。

私はひとりで王宮内の庭園へ向かって歩いている。今の季節は花々がたくさん咲いているから、時間があると癒やされに行っているのだ。そんな私に後ろから声をかける者がいた。

「お姉様、これから休憩ならご一緒してもいいですか？」

「いいわよ。東屋で一緒にお茶を飲みましょう、サミリス」

私たちは庭園の片隅に建てられた東屋へ一緒に歩いていく。ローゼン国で見かけた東屋が気に入り、『四方が見渡せるので、聞かれたくない話をする場合にも活用できると思います』と提言したら、採用され建てられたのだ。

なかなか便利に使っているが、空いているときにはこうしてお茶を飲んだりもしている。サミリスと一緒にここで過ごすのも初めてではなかった。

侍女たちはお茶を淹れるとすぐに、会話が聞こえないところまで下がっていく。姉妹で過ごす時間が残りわずかだからと気遣ってくれているのだろう。

ふたりでいつものように他愛もない話を楽しんでいると、ふとサミリスがうつむいてしまう。

「サミリス、どうかしたの？」

私からはサミリスの表情は見えない。何か伝えたいことがあるのかと言葉を待っていると、サミリスの口が動いた。

「……ごめんなさい、お姉様」

「ちゃんと話してちょうだい。それだけだと何に謝っているのか伝わらないわ」

何に対する謝罪なのか、なんとなくわかっていた。けれど、伝えるという意味を学んでほしくて、あえてそう告げる。

するとサミリスはゆっくりと顔を上げて、ぽつりぽつりと語りはじめる。

最初は大国の妃になれるかもと舞い上がっていたこと。でも、時間が経つにつれて親子ほど年の離れた国王とうまくやっていけるか怖くなり、とにかくこの状況から逃れることしか考えられなくなったこと。それから私がローゼン国へ行くと申し出たとき、自分が行かなくて済むと安堵し、身代わりとなった私の気持ちなど一切考えなかったこと。

そして、最近になって自分の行動がどんなに私を傷つけたのか気づいたと告げてくる。

「……お姉様、本当にごめんなさい」

自分の感情を吐露するかのような話し方は、決して上手な伝え方ではないけれど、それでも十分に気持ちは込められていた。それは誰かに言わされたのではなく、サミリスが自分で考えて辿りついたからこそ。

——時間はかかったけれど、これは大きな前進。

「あのとき、私は第一王女としてあなたでは駄目だと判断して申し出たの。厳しい言い方になるけれどモロデイの王女として有益な外交ができたから、私が行って正解だったと思っているわ。……でも、身代わりという形はつらかったのも事実よ。だから謝ってくれてありがとう、サミリス」

サミリスの気持ちは素直にうれしかった。でも第一王女としての考えと、私が傷ついた事実はちゃんと伝える。これからのこの子に必要なのは、耳に心地よい言葉ではなく心に残る——この子にとって糧《かて》となる——言葉。

「本当にごめんなさい、お姉様……」

「もう謝らなくていいのよ、サミリス」

「でも、でも私——」

サミリスは幼子《おさなご》のように声を上げて泣きながら、途切れ途切れに悩みを打ち明けてくる。頑張っても第一王女の穴を埋められず、どうしていいのかわからなくなっていると。

第二王女である限り公務は免除されない。私の公務の一部はサミリスにあてがわれた。決して難しいものではないけれど、サミリスにとっては負担なのだろう。

この子なりに努力しているのは知っている。

「あなたのペースでやりなさい。背伸びする必要はないのよ」

「でもそれでは駄目なんです。陰口を叩かれます……」

最近は極一部の者が『残念な第二王女』とサミリスを陰で嘲笑っていると耳にした。

きっとサミリスも人づてにそれを聞いたのだろう。でなければ、こんな暗い顔をしていない。モロデイの至宝と謳《うた》われていたサミリスは、私と違って陰口に免疫がないのだ。

「王族は陰で嫌なことも言われるわ。そこにあるのは妬みや恨みや憂さ晴らし、または真実。だから把握しておくことは大切よ。でもね、それに惑わされたり流されたりして己を見失ってはいけないわ」

サミリスは弱々しく頭《かぶり》を振って、でも気になるのだと涙目で訴える。私も幼いころ、今のこの子のように苦しんでいたこともあった。だから、その気持ちも十分に理解できる。

「サミリス、迷ったときはあなたを本当に大切に思ってくれている人を頼りなさい。お父様、お母様、お兄様、私、そしてお義姉様もいるわ」

王女としては切り捨てても、娘であり妹であるサミリスを誰も見捨てはしない。

「……お義姉様は少し苦手です」

サミリスは助けを求めるように上目遣いで私を見る。

兄の婚約者になったドーラはサミリスに少し厳しいところがある。しかし、それは妹の振る舞いが私を傷つけたからではない。

私が妹の今後を案じていると察したドーラは、以前こう言ってくれた。

『もうひとりの義妹《いもうと》は私がしっかりと見ております。ですからローゼン国では自分の幸せだけを考えてくださいませ、カナニーア』と。

それは優しさに溢れた言葉。

ドーラはサミリスを必要以上には甘やかさない。それは、この子のためなのだけれども、今はまだ伝わっていないようだ。

「家族である私たちが気づけないこともあるわ。それを第三者の目線を持っているお義姉様が補ってくれているの。甘言《かんげん》しか言わない人はあなたを利用しようとする人よ」

「……お義姉様のこと少しだけ好きになれそうです」

サミリスらしい素直な返事に苦笑いしてしまう。

この子の未来は、あのときの行動である程度決まっている。でもその人生を豊かなものにできるかは、この子自身がどこまで成長できるかにかかっている。できることならば、ローゼン国に嫁いだ私がこの子を心配する必要がないくらいに幸せになってほしいと心から願う。

——サミリスのあの行動のおかげで今がある。

私たちの幸せを願っての行動ではないから評価されるものではないけれど、やはり感謝している。

「私ね、ローゼン国へ嫁げて幸せだと思っているわ。ありがとう、サミリス」

「政略なのにですか？」

「ええ、政略でもよ」

サミリスはこの婚姻が政略だと信じている。内緒にしたいとは思っていないけれど、わざわざ訂正はしなかった。いつかそれに気づけるほど成長したそのときに『もしかして……』と聞いてきたら教えてあげよう。

待ってるわね、サミリス。いつの日か一緒に『あのときは』と笑いながら懐かしむことができるだろうか。

そんなことを思っていると、涙が止まったサミリスが私の耳元に口を近づけてくる。

「ロウドガ様はお姉様に一目惚れしたと思います」

「どうしてそう思うの？」

「私が勘違いして必死にアピールしていたときも、あの赤い瞳にはお姉様しか映っていませんでしたから。きっとお姉様はローゼン国で大切にされます」

サミリスの顔にはいつもの無邪気な笑顔が戻っていた。なかなか鋭い観察力だったけれど、微妙にずれているのがこの子らしくて、それが微笑ましくもある。

「ロウドガ様はおぞましい獣を操る人ですから、少し気味が悪いけれど……いつかお姉様も彼のことを好きになれるといいですね！　頑張ってくださいませ」

「ありがとう、サミリス」

サミリスが私の胸に顔を埋めて抱きついてくる。無邪気なというか、残念な言葉選びだったけれど、姉の幸せを願っての温かい言葉が心にしみる。きっとこの子は幸せになれるわ……

私たちの間にわだかまりがあったわけではない。それでも、ローゼン国に旅立つ前にふたりでこんなふうに話ができて本当によかった。去っていくサミリスの背中を、私は微笑みながら見送ったのだった。

刻々と残りわずかとなっていくモロデイ国で過ごす時間も、家族と過ごしているとあっという間に感じ、タイキのことを想えば永遠とも思える。

そんな不思議な時間を一日一日と大切に過ごしている私の前に、その人はある日突然現れた。

「カナニーア！　会いたかったぞ」

王宮内の庭園にいた私をいきなり抱きしめてきたのは、ここにいないはずの愛しい人。

「タイキ様？　どうしてここにいるのですか……」

問うているのに私の声は弾んでいる。

「少し時間が空いたからカナニーアに会いに来た。ん？　俺に会えてうれしくないのか？」

「うれしいに決まっているじゃないですか」

「だな！」

ローゼン国からモロデイ国までは全速力の飛狼竜でも半日以上かかる距離だ。それなのに、タイキはちょっと顔を見に来たという軽い感じで言ってくる。彼の後方には憔悴しているゾルドの姿があった。

それにしてもほかの人たちはどこにいるのだろうか。王太子として身分を明かしたのだからいくらなんでも、護衛がひとりだけではないはずだ。

辺りを見回すけれど、それらしい姿はどこにも見えない。

「ぜぇ、ぜぇ……。無茶苦茶な翔《と》び方をするな、ほかのヤツらは脱落したぞ」

どうやらタイキについてこれたのはゾルドだけだったようだ。それはゾルドが優秀な飛狼竜騎士なのと、彼の相棒であるフロルがその体重の軽さで速力に秀でているからだろう。

護衛を巻くなんてと笑っていると、ブルンブルンという懐かしい音が聞こえてくる。そちらに目をやると鼠の尻尾を勢いよく振っている飛狼竜がいた。

「グレちゃん、フロル！」

「「グルルルゥ……」」

二頭は唸りながらゆっくりと私に近づいてくる。すると甲高い悲鳴がここかしこで上がりはじめた。そのただごとでない声を聞きつけ、モロデイの騎士たちも続々と庭園に集まってくる。

「カナニーア様、お下がりください！　危険です」

「きゃー、王女様が襲われるわ」

どうやら私が襲われてしまうと誤解しているようだ。歯を剥《む》き出しの迫力満点の飛狼竜を見れば、そう思ってしまうのも当然であるが。

ここで私が飛狼竜は本当は人を襲わないと否定するのは簡単だけれど、それはローゼン国の国益を損ねることに繋がってしまう。飛狼竜は獰猛《どうもう》だという情報操作によって無駄な争いが避けられているのも事実だ。それを私のひと言で台無しにするわけにはいかない。

どうしようかとタイキを横目で見ると、任せろとばかりに彼は力強くうなずいてくれた。

「未来のローゼン国王太子妃を襲わないように言い聞かせてあるから安心してほしい」

タイキのその言葉にみな一様に安堵する。飛狼竜を恐れる気持ちは変わらないが、ローゼン国の王太子が押さえてくれているなら安心だと信じたからだ。

ほっと安堵の息を吐くモロデイの者たちを前にして、タイキは申し訳なさそうに眉尻を下げる。

「だが、飛狼竜は休みなく翔《と》び続けて気が立っている。そのうえ腹が空いているから気をつけてくれ」

「グルルルゥウ……」

グレゴールが涎《よだれ》を垂らしながら唸り、タイキが持っている手綱《たづな》を食いちぎろうと暴れ始める。

それを見て、騎士のひとりが後退りしながら尋ねてくる。

「ロウドガ様、気をつけろとはどういう意味でしょうか……」

「おいっ！　フロル、やめろ。それは餌じゃない。袋に入っている人肉——じゃなくて、ただの肉をあとでやるからそれで我慢しろ」

「グルルルゥウウウ……」

タイキの答えに代わって、飛狼竜を必死に制止するゾルドの怒声とフロルの獰猛《どうもう》な唸り声が響く。

安堵は一瞬で砕け散り、モロデイ国の王宮は阿鼻叫喚《あびきょうかん》の巷と化す。ん？　どこかで見たような気が……

それは気のせいではなく、まさに後宮の華候補の振り落としを忠実に再現したような混乱ぶりだった。

あのときと違って私はこれが演技だと知っている。しかし、私は誰にもそのことを言わなかった。それはローゼン国の不利益を考えてもあったけれど、それだけではない。タイキがどうしてこんな真似をしているのかなんとなくわかったからだ。……たぶん、そうよね？

だからタイキたちの演技に合わせて、とりあえず私も怖がるふりをした。

それから数刻後、なんとか混乱が収まると、彼は今回の件を真摯に謝った。そして、またの来訪をみなの前で私に約束して颯爽にモロデイ国の王宮から去っていったのである。

「「国王様、どうにかしてくださいませ！」」

王宮に仕える者全員が涙目で直訴している。どうにかとは言うまでもないが、獰猛《どうもう》な飛狼竜のことであった。タイキの訪問はみんなの心に大きな爪痕を残していったのだ。

「うむ……」

父である国王は頭を抱えた。

タイキは多忙の中わざわざ婚約者である私に会いに来てくれた。そして、これからも頻繁に来ると言っているのに、もう来ないでくれとは断れない。それはローゼン国が大国だからという理由ではなく、わずかな時間でも会いたいと思うほど娘を大切にしてくれているのに、その想いに水を差すような真似はしたくないという親心。

つまり訪問を断ることで、ふたりの仲に亀裂が生じるのではと危惧しているのだ。

国王として臣下たちの切実な訴えを受け入れ、ローゼン国の王太子の訪問を拒むか。それとも、父として臣下たちに耐え難い我慢をしいるか。

悩んだ末、父はローゼン国に結婚式の前倒しを懇願した。

一年後と主張しておきながらそれを翻《ひるがえ》す身勝手ともいえるモロデイ国の要請に対して、ローゼン国はすぐに返事を返してきた。

『こちらとしてはカナニーア王女を迎え入れる準備はすべて整っているので異論はありません。モロデイ国王の申し出を喜んでお受けいたします』と。

モロデイ国を責める言葉がひと言もない快諾で……タイキの作戦勝ちだった。

あのとき、私を攫わずにローゼン国へ戻ったときから計画していたのだろう。私を迎え入れる準備を三ヶ月という短期間で終わらせ、飛狼竜たちと一緒に迫真の演技まで披露して迎えに来たのだ。

ほら、当たっていたわ。

さすがと言うべきか、それとも腹黒いと言うべきか。いいえ、ローゼン国の王太子らしいというのが一番しっくり来る。

私の心の準備は万全だったけれど、装飾品や衣装などの準備はまだ途中だったので、完成次第ローゼン国へ送ることになり、兄の結婚式は戻ってきて参列することになった。

こうして結婚が早まることが正式に決定したのは、タイキの訪問からたった三日後というありえない早さであった。

今日、私はローゼン国へと旅立つ。王宮を出る私に見送りはない。普通はみなで王宮の外に出て盛大に見送るものだけれど、別れの挨拶は王宮の大広間で済ませていた。

その理由は外で並んで待っている飛狼竜たちの存在だった。タイキは飛狼竜騎士団を引き連れて私を迎えに来てくれている。めでたい旅立ちの場が、また阿鼻叫喚《あびきょうかん》と化したら目も当てられない。ローゼン国の慣習に従って、モロデイ国からは侍女も騎士も連れていかないことになっていた。私がひとりで外に出ると、待ち構えていたローゼン国の者たちが一斉にこちらを見る。

今日のタイキは茶褐色の衣装に身を包んでいて、その凛々しい姿に私は頬を染める。私の色をまとってくれているのだろうか。

一方、私は飛狼竜に乗るから真紅の乗馬服を着ていた。まるで揃えたみたいだけれども、これは偶然の一致だった。お互いの想いが重なっているからこそだろう。

青い騎士服で揃えた飛狼竜騎士の隣には、相棒の飛狼竜がその身を微塵も揺らすことなく立っている。彼らはただ立っているだけなのに、その迫力は神々しいほど壮観だった。

最強の騎士団と他国から評されているが、この姿を目の前にしてそれは過小評価だと知る。

ローゼン国は誰かを迎えるために飛狼竜騎士団を遣わすことはない。それは賓客が飛狼竜に乗れないという理由だけではなく、ローゼン国の要《かなめ》ともいえる存在の価値を落とさないためでもあった。

それなのに、ローゼン国は飛狼竜騎士団を迎えによこした。

——私を認めてくれている最高の証。

「カナニーア、迎えに来た」

伸ばされた彼の手に自分の手を重ねると、タイキは強く握りしめてくる。その力強さに、『大丈夫だ』と言われている気がした。

これから私が背負っていくものは、小国の王女だったときとは比べ物にならないほど大きい。でも、彼がこうして隣にいてくれるから不安はない。

私が彼に向かって微笑むと、彼は私の名を愛おしげに囁く。それだけで私たちには十分だった。

彼とともに飛狼竜騎士団のほうへ歩いていくと、一番前にいたゾルドがその場で片膝をつく。すると、ほかの飛狼竜騎士たちも一斉にそれに続いた。これはローゼン国の騎士の最敬礼とされているもので、自国の国王や王太子やその妃に対してだけ向けられるものだ。私はまだモロデイの王女であって、その対象ではないはず……

困惑を宿した眼差しで、隣のタイキを見つめる。

「まだ早いぞ、ゾルド」

「我がローゼン国の至宝となる方ですので早いということはないかと。間違っておりますでしょうか？　ロウドガ様」

「いや、正論だな」

臣下として問うたゾルドに、タイキは満面の笑みで答える。

ふたりの会話は後ろの飛狼竜騎士たちにも届いているけれど、訂正する者は誰もいなかった。それどころか、ゾルドの言葉こそが我々の総意だとその目で雄弁に語っている。

そんなふうに呼ばれて恥ずかしいけれど、みなが心から歓迎しているのが伝わってくるから、感謝を込めて微笑んで見せる。

「……カナニーア様……万歳」

「カナニーアさ、……いや、ローゼンの至宝、万歳！」

「「ローゼンの至宝、万歳！」」

後ろから声が聞こえた。最初はひとり、でも瞬く間に大勢の声が重なり合い盛大な祝福となる。

振り返ると、王宮の窓という窓は人々の顔で埋め尽くされていた。

お父様、お母様、お兄様、サミリス、お義姉様、侍女たち、護衛騎士、それに……王宮で働いている者全員の姿がそこにはあった。どの顔にも別れを惜しむ涙と、幸せを願うれし涙が浮かんでいる。飛狼竜が怖くて出てこられないけれど、ひと目だけでもと窓から見送ってくれているのだ。

「はっはは、脅かしすぎたな。すまん、カナニーア」

そう言いながらも、タイキの口調は全然反省しているようには聞こえない。これで飛狼竜の噂はまた一段と恐ろしいものになっていくのだろう。きっとそれも計算のうちなのだ。

彼は正真正銘の策士。それがローゼン国の王太子で、私の愛する人。

私はタイキと一緒にグレゴールの背に乗って翔《と》び立った。モロデイ国の王宮から聞こえていた盛大な歓声はみるみるうちに小さくなり、そして完全に聞こえなくなる。

モロデイという国は大好きだった。『控えめな王女』と揶揄《やゆ》されたけれど、それ以上の愛が私を包んでくれていた。そんな国から離れるのはさびしい。

――それでも、これから私は愛する人と生涯をともにする。

そこには喜びしかない。

私を抱えて座るタイキはぴったりと包み込むように体を寄せていて、彼の体温がまるで自分のもののように感じられた。もう私たちは人の目を気にして、礼儀正しく離れている必要はない。

「俺を見ろ、カナニーア」

大好きな赤い瞳には、約束通りに私しか映っていない。

「もう離さない、この日が来るのをずっと待っていたんだ。カナニーア、俺の愛は重いぞ。覚悟してくれ」

「私も離しません。それに覚悟なんていりません、だって私の愛のほうがきっと重いですから」

これは冗談ではなくて本気。私はこんなにも彼を愛している。もし心が目で見えるのなら、彼は驚いて逃げ出したくなるかもしれない。だから、見えなくてよかったと思う。

「タイキ様こそ覚悟してくださいね。もう私から逃げられませんから」

「はぁ……。煽《あお》るな、カナニーア。どんなに翔《と》ばしても半日はかかるんだ」

「前にも聞きましたけれど、その煽《あお》るとはどういう意味ですか？」

「こういうことだ」

赤い瞳が迫ってきて唇が重なり合う。

逃さないというかのように、逃れたくないというかのように、どちらも離れようとしない。煽《あお》るの意味は教えてもらえないままだけど、そんなのどうでもよくなってしまう。それくらい彼と交わす口づけは熱くて心地いい。

「「ヒューヒュー」」

「「クゥークゥー」」

ふたりだけの世界を堪能していると、風の音に紛れてそんな声が聞こえてくる。ここは空の上で、飛狼竜騎士たちと飛狼竜たちしかいないから彼らの声で間違いない。

現実に引き戻された私は、少しだけ距離を取ろうとたくましい彼の胸を両手で押す。

「タイキ様、あの――」

「風の音だ、俺には何も聞こえない」

タイキはそう言って口づけをやめてくれない。

恥ずかしすぎるけれど、これがローゼン国では当たり前なら馴染むしかないのだろうか。

「ローゼン流だ、カナニーア」

私の考えていることを察したようにタイキが先回りしてくる。

にやりと笑っているから……たぶん違う。私が愛した人は少しだけ意地悪なときがある。困ってしまうことも照れてしまうことも、この先たくさんあるのだろう。私はきっとそのときも今みたいに、彼の溢れんばかりの想いに包まれて、彼の腕の中で笑みを浮かべている。

そして、ローゼン国の妃となればつらい決断を迫られたり、涙したりすることも必ずある。それは避けては通れないことで、楽な人生ではないだろう。

それでも私はずっと彼の隣にいたい。

ひとりではしのげない寒さも、ふたりでなら温め合うことができる。ひとりでは耐えられない重さでも、ふたりでなら支えることができる。タイキが震えていたら、私が彼を抱きしめよう。私が涙を流したら、きっと彼が拭ってくれる。

彼の隣にいることを私は選んだ、そして彼も私を選んでくれた。赤い瞳に私だけを映すタイキと、そんな彼だけを見つめる私。そこには政略も打算もなくて、あるのは一途に想う心だけ。

同じ想いが宿った目で微笑み合い、引き寄せられるように口づけを交わす。

お互いにとって唯一無二なんて——これ以上の幸せなんてない。

新＊感＊覚　ファンタジー！

Regina レジーナブックス

レジーナブックス Regina

どん底令嬢、人生大逆転!

婚約者を奪われた伯爵令嬢、そろそろ好きに生きてみようと思います

矢野《やの》りと

イラスト：桜花舞

幼い頃から良い子を演じてきた、伯爵令嬢のメアリー。姉が婚約破棄されたことをきっかけに、自分の婚約者が彼女のナイト役となってしまう。姉と自分の婚約者の親密すぎる光景を見せつけられ、両親は落胆するメアリーにお構いなし。無神経な婚約者と愚かな家族には、もううんざり！　メアリーは全てを捨てて、幸せを掴むと決心して――⁉
どん底からの爽快サクセスストーリー、いよいよ開幕！

詳しくは公式サイトにてご確認ください。

https://www.regina-books.com/

携帯サイトはこちらから！

この作品に対する皆様のご意見・ご感想をお待ちしております。
おハガキ・お手紙は以下の宛先にお送りください。

【宛先】
〒150-6008 東京都渋谷区恵比寿4-20-3 恵比寿ｶﾞｰﾃﾞﾝﾌﾟﾚｲｽﾀﾜｰ 8F
（株）アルファポリス　書籍感想係

メールフォームでのご意見・ご感想は右のＱＲコードから、
あるいは以下のワードで検索をかけてください。

アルファポリス　書籍の感想　検索

ご感想はこちらから

本書は、「アルファポリス」（https://www.alphapolis.co.jp/）に掲載されていたものを
改題、改稿、加筆のうえ、書籍化したものです。

一番《いちばん》になれなかった身《み》代《が》わり王女《おうじょ》が見《み》つけた幸《しあわ》せ

矢野りと（やの りと）

2023年 12月 31日初版発行

編集－境田 陽・森 順子
編集長－倉持真理
発行者－梶本雄介
発行所－株式会社アルファポリス
〒150-6008 東京都渋谷区恵比寿4-20-3 恵比寿ｶﾞｰﾃﾞﾝﾌﾟﾚｲｽﾀﾜｰ8F
TEL 03-6277-1601（営業） 03-6277-1602（編集）
URL https://www.alphapolis.co.jp/
発売元－株式会社星雲社（共同出版社・流通責任出版社）
〒112-0005 東京都文京区水道1-3-30
TEL 03-3868-3275
装丁・本文イラスト－るあえる
装丁デザイン－AFTERGLOW
（レーベルフォーマットデザイン―ansyyqdesign）
印刷－図書印刷株式会社

価格はカバーに表示されてあります。
落丁乱丁の場合はアルファポリスまでご連絡ください。
送料は小社負担でお取り替えします。

ISBN978-4-434-33143-5 C0093